白鲸文丛

睡眠花

The Flowers of Sleep

路东——著

上海教育出版社

路东的方法
（代序）

路东可谓"新时期"之后中国当代诗歌中的一位"老人"。他从1979年起就开始写诗，与朦胧诗人在年龄和写作时段上都算得上是同代人。他早年以"路辉"为笔名的诗作被收录在《朦胧诗选》（春风文艺出版社，1985年）、《青年诗选》（中国青年出版社，1986年）、《探索诗集》（上海文艺出版社，1986年）等名噪一时的诗歌选本中。这些早期的诗作已经展露某种独异的品质和他后来写作的某些趋向，比如《雪后》一诗（见《探索诗集》）：

昨夜，我听见一阵阵风像一群天使
从人类的头顶吹过

昨夜
那梦中的灵魂
长成一棵树，而历史的眼泪

从我的十指流向枝头
默默收敛为成串的蓓蕾
我不知道什么时候
她悄然绽开满枝的花朵

醒来后这世界是一部传奇
封面上落满春天的消息

在那个普遍为“创新”所驱动的年代里，这首诗有着颇为别致的出“新”之处：阔大造境（王国维用语）中的细小事物叙写，抽象与具象交织的超现实场景，使之区别于同期或返古、或夸饰的诗风。

随后，他又以“一村”为笔名在一些刊物上发表诗作。其中令人瞩目的是长诗《粮食》发表于《中国诗人》1993年1–2合刊时，配发了诗人昌耀专门为该诗所写的评论（那或许是昌耀为他人写的仅有的一篇评论?），文中称“《粮食》是一部颇具容积的作品，是一部有着多视点、多种色调复合、多种人称变换、多种场面调度……的佳构，你可以称之为交响乐、油画、戏剧、文论或美学讲义，但归根结底是诗，是值得一读的人生篇章”。这是十分准确的，因为昌耀所述既是这首诗、同时也是路东后来诗歌的基本特征。《粮食》第一章的标题即为《概论》，这样的标题（及主题）在他后来的诗中得到了承续；《书简之一》这一章中有如许段落：

粮食是一种权威，它让我在房间里朝着四面的墙壁上飘，作形而上学的游戏。……我感觉自己是一个专业腹泻病人，我的胃像女人的子宫一样自上而下不断流产出一些火焰之类的东西，有时，它就是火焰本身。医师说，从火焰中散发出的是麦秆的气息。对此，我深信不疑。

这种富于思辨性的语句，一再出现在他 2000 年之后的诗歌中。

写作《粮食》的那个阶段，路东正参与以南京为驻点的"语言诗派"（其前身是"南京大学形式主义诗歌小组"）的一些活动，成为该群体的主要成员。他这一时期的诗歌明显地留有当时语言实验的印迹。实际上，对语言的探险般的实验在路东的诗歌写作中是一以贯之的，或者说他的诗歌写作始终伴随着一次又一次艰辛的语言实验——

在汉语和汉字之内。他追寻着、冥思着、守候着、倾听着、探测着语言(更确切地说是汉语)的踪迹。在他看来,“倾听汉语,就是倾听它含苞待放的那部分。汉语在涌现。它正在发生。它朝向可能世界。它蕴含在现实的不确定的关系中”。不过,他探寻的不是语言向外的维度,而是向内的,“在汉语近乎寂静之处”:

风决心隐匿
必止于吹
身体沉静后
词语寂然

——《短句》

有时,他将这种向内的维度称为“地下性”,从那里绽放了语言的“觉醒之花”。他看重语言内部“又保持庇护它自身的一些黑暗”(《鸟巢》),也就是“字与词中最寂然的部分”(《看图识字》);只有在“寂然”状态下,语言才回到了原初:“词语,也仅是一路上为它在日光中卷曲的花瓣,它们会再次落在婴孩们的手上。”(《译文节选 A》)而把目光向内、沿词语茎脉细细打量的结果之一,便是语言“褶皱”的发现:“褶皱,卷曲着生活中未被思议的最奇异的部分,它极少被真正打开过,这是延异之面的反常聚集。”(《路东谈诗》)

对语词本身的倚重,使得路东的不少诗作具有“元诗”的性质,即字里行间包含了对于写诗过程和归宿的思考与展示:

对我来说,写诗如吁请
有隐者在,向来在,近在身旁
——《诗的写法之一》

这些诗作渗透着强烈的祛除语言俗套之沉疴的意图,及褪去文化先见重负、返回语词“开端”(他将“诗与开端”视为“孪生之词”)的鲜明取向。这与现象学的“还原”和罗兰·巴特的“零度写作”颇有点类似,并多少带有维特根斯坦“分析哲学”对语言运用规则穷根究底的执著劲儿。它们糅合了数学、哲学的某些元素,在摒弃了诗意、抽离了抒情、剔除了形容词之后,对词语同时施行着“解构—建构”的双向举措。具体而言,存在如下几种情形:其一,一首诗即是在不断“重新开始”中的对事物的反复命名,比如《大海》一诗借助对

"大海"命名的叠加拉回了"一只隐喻的船",长诗《农业[从它的谱系中看见其它]》从多个角度将陈述的笔触指向"农业"这一名称;其二,诗作标题中的词语本身是被解构的对象,整首诗通过词语(群)的循环与互释,最终实现对该词语意义的"追溯—剥离—绎解",如《简介》《竹马》《几何》《好像》《如果》《比如》等;其三,以词语能指与所指的相互拆分、穿插、推演与重组来推动诗的生成,如《在北京地铁上》《后遗症》《它》《大白天做梦以及像这个词》等;其四,将陈述者既从词语、也从主体中分离出来,进行一种自我审视,如《杂货铺》《病历》《所梦》《我们》《圆与数》《一滴水正在往下落》等;这一类型中更为极端的是《马城》,展现了物的分裂与词语的分裂的共时性;此外还有《回忆》一诗,借用心理学的方法对"回忆"和"记忆"做出区分,其背后是"习性"的缠绕:

回忆是鲜活的艺术
高于人们对记忆的敬重
……
习性如冬眠之蛇
谁回忆,谁就唤醒它

一不小心，就会被它缠绕

上述种种，导致路东诗歌语言趋于节省和缩减，显出禅宗顿悟般的风格。

《词与物》无疑是路东迄今为止最重要的作品，这部长诗试图处理现代诗歌面临的关键命题之一——词与物的关系。显然，不同于法国哲学家福柯那部同名论著从历史角度梳理、反思人的认知型式，这部长诗直面“物”的物性及生存样态，思虑语词表达的可能与限度。这其实是路东诗歌主题的核心：“每个人都在物象中出生入死，早期的命名中已预设了众多冥想之门。”“每一形制之器物，也各自担当了存在之妙，而物性并未昭然，领受者，必先放弃紧握在手的丈量之尺。人持守于物，物之溃散与腐败，乃物性所致，并非时间之限定，物，在给予与被给予中，也还是有待开启之物。”（《译文节选 A》）从这个意义上来说，路东的诗歌并非是“不及物”的，而是透过对“物”的触摸与体悟，展开了对历史、社会、文化的潜在省思。可以说，其简约、凝练的诗语虽然有着深受哲学熏染的外表，也许某些作品未免干涩，但绝非浮泛浅表的哲理诗，实则蕴含着关于历史、人性的深邃洞察和犀利批判。

在路东的诗歌中，还有一类不分行、篇幅上超过一般诗作的片断式书写，如《数与图》《西湖文本》《手稿》《街面》《译文节选》《ABC》等，应该是一种介于法国诗人雷蒙·格诺《风格练习》和路东同代诗人梁小斌后期“思想絮语”（如《独自成俑》）之间的文体试验。这些看似充满游戏色彩的作品，呈现了路东思想的“语法”或逻辑：“这个世界，早已被置放在语言的游戏中，加入这场游戏的人，必具备接受这些礼物的资格。”

路东堪称当代诗坛的“隐者”和“异类”。四十余年里，他拒斥诗潮更迭的裹挟，苦心孤诣地独自寻索着写作的奥秘，“潜心于思与想的练习，对语言之于生命和事物秩序的微妙关系尤为关注，倾向于各种交互性文本的创造性书写”。现在，他的首部个人诗集即将公开出版，这真是一件值得庆贺的事！

张桃洲

庚子仲夏，草于定慧寺恩济里

目录

路东谈诗(节选)

1. 诗与开端,这两个词几乎是孪生之词。

2. 还在汉语书写中练习抒情的人很多,这是一种未成年期的恋乳倾向,与作为方式或手段被运用的抒情不同,好的诗,蕴含着语言之为语言的奥义,它们大都因充盈而溢出。而抒情,总是以情不自禁为借口,甚至模仿青春期叫床的声音,魅惑力在施行,这是人与人之间打猎的把戏,它从勾引开始,这套猎捕的古老魔法,至今还被诗人们广泛应用着。

我不写抒情的句子,也不写刻意感人的句子,有些句子气息慈悲了,也与感人的动机无关。我也不写善句子,与对恶的日常界定相比,人们孜孜以谈的善,也许是一个更大的晕圈。我已接受众神与我老死不相往来的事实,有限性内在于肉身,但这肉身中有某种未知的力量与生俱来,它高于知识学中流行的善恶。大地上风马牛奔走,事物的秩序隐而未显,是其所是之实事,仍被遮蔽在抒情的句子里,它提醒我,人们称赞不已的所谓善句子，大都与某种恶果气息暗通，我们已再三领教过。

3. 大部分读者靠理解力去读诗，到理解为止，但理解力经常与诗几乎不相干。理解力，止于认识与计算，仅凭理解力去读诗，是接近诗的歧途。通常被理解的事与物中绝少诗意。有些诗人主要靠理解力去写诗，不会写出好作品。

4. 能直见褶皱之奥妙的诗人其实不多。褶皱，卷曲着生活中未被思议的最奇异的部分，它极少被真正打开过，这是延异之面的反常聚集。生活中有许多不稳定的正在倾斜的面，它预示着存在的可能，但一些诗人常会在乎线秩序的描摹，工笔的或写意的，都还在由此及彼的路上，到假定的目标为止。

我好奇于倾斜中的面之不确定，书写的游戏，往往从这里开始，游戏的快乐，大多是在这些转换的面之中移步换影，但大地上的一切事物（即便是隐微的事物），也必归属于词，总有什么，会从词语的生发与回撤中差异出来。

5. 置根在汉语中，我们接受汉语的滋养，在汉语中成长，我们果真熟知汉语了吗？我们的书写，是否已真正进入汉语的吁请中了呢？绝大部分寄生在汉语中的人，并不能觉知汉语是未完成的语种，它再度生发的可能，迄今仍遮蔽在各种威权化的界定中。

书写世界中，汉语以汉字现身，汉字，拟物象形，与肉眼所及的在场事物息息相关。汉字，乃及物之汉字，物象化的汉字，物性在身，汉字与物相互暗示，它的象征性与生俱来。可以说，汉字大地性过重，它是一种阴性丰富的文字，如此这般，汉语的句子，向来若明若暗，它存在的姿态从不明亮，且气息晦涩，它以大地性庇护自身，又在这庇护中，衍生出众多自我遮蔽的事件，汉字，与具象事物关系暧昧，它欠缺丰富的抽象维度。我们以汉字写出的诗句，会受到类似基因力量的左右。

尽管汉语有许多衰败的迹象，但它却仍深藏着值得倾听的力量。由汉字书写出的句子中，蕴含着人与物相遇时最初的机缘，此机缘是否已在汉诗中被真正打开，关涉着汉语人的成长。我们心有所往的是，在对此机缘的领会中，汉字对物的深度联想，要从文明虚拟的高度，回撤到身份未明的人当如何存在的争执上来。这是一个迄今仍有待展开的话题，诗，命运式的首当其冲。

我们倾听汉语，首先是去倾听它含苞未放的

那一部分。可以说,这个含苞未放的部分,它仍在某种庇护中,它在汉语近乎寂静之处,而书写的可能所以可能,首先要求我们出离这历史的境遇,恰是在持守诗性的开创性言说中,这个尚未现身的含苞未放的部分,才得以为人们所见。

6. 一些人暮气在身,一开口句子就死了,并堵截了其他句子出场的道路。我们至少可以说,这一类句子,是从肉体工具中吐露出来的,它们一到场就已断送了可能性,可能性,是滋养一个句子得以鲜活存在的血液。不包含可能性的句子,向来就不具有诗意。对可能性的敬重,是发问现实原则性的态度,就诗人而言,可能性大于现实性。

7. 不从正反黑白的二元界别中开口说话。也不受制于它们设定的秩序。天分较高的诗人,从对立的对象中事先撤离出来,不再隶属于它的力量中,学会避开正反两面的诱惑,学会去侧面看,从侧面去书写。我要求自己,格外关注事物的侧面,这是可以逗留的陌生地带。

8. 警惕形容词!在定语或状语时态中,形容词都支持着断言句式。

就诗生活而言,本人不太认同由形容词敷衍而成的断言句。这些词已标签化了。这些词都具有心理勾引的特性，它们逃避在实事状态之外，形容词形容什么？它们武断地替代了不在场不可见者。

除了反击式应用之外，我也尽量不说出好像、如同、仿佛之类的词，这些词有致幻的力量，它们是由此及彼的非创造性的类比，往往只满足于对欲抵达事实的虚拟，这些词潜藏着自慰的倾向。形容词，仍在支撑着浪漫主义文学的旧房子，但这是一种传染病持续滋生的房子，我们从文学史和当下书写秩序中留意这个事实，它还不会被消解，对大多数诗人来说，警惕形容词的书写也许还没开始。

9. 反客观反白描。反主观反黑描。洗去革命这个词的锈迹和血腥气，重新领会它。反一切虚以名目的附加之物，反到微光遣送处，人要从它自身名词的前置中自反出来。返还到代名词之词性中去。

10. 一首诗反常的形式也可以剥离规训力。形式还是有必要谈论的，一首诗的别具一格的形式，甚至可以是最直接的泛政治喻体。当代汉诗的形式，有时比美术更具喻示力。

11. 你还没读懂的那些诗，气息匪夷，如果它们是馈赠的礼物，你还没有接受它的能力，甚至你从未做好接受这礼物的准备。事实极可能是，你以往的阅读经验，已喧宾夺主左右了你，你还没读懂的那些诗，也许正与事物的日常状态短兵相接，它正从天命中显露锋芒。

12. 难以理喻的诗中，一定都具备有所不恭的力量。而果敢立身在对既定事物不恭的位置上开口说话，这是你要持守的写作立场，这至少意味着，不屈服于日常理解力的书写，必承担书写的风险，它不寄生更不攀附中心地带的意义，一个诗人拒绝了日常的理喻，才会有真正不讲理的诗出现，如此这般的书写，为了汉语书写的可能。它甚或是一种急难中的较量。

13. 人们常念经般地说，某些事物仍未到场。其实，作为滋养人成长的某种馈赠，它早已存在，只是我们所在之场从没有真正打开，它们才作为秘密被我们一再提及，它们可能隐匿在未被说出的句子里，语言的游戏，正进入新的阶段，这个世界，早已被置放在语言的游戏中，加入这场游戏的人，必具备接受这些礼物的资格，我们，以诗人的身份遭遇了风马牛，许多已被规训力撕裂的关系，有必要在这游戏中重新建立，说风马牛不相及的人，我不说他是一个欠缺天分的诗人，我说：我不喜欢。但这绝非无思的拒绝。

14. 你不用担心自己写得离谱了，离谱是一种异常的能力，离谱的能力，也只有极少数诗人才具备，你果真写得离谱了，写到不伦不类处了，好诗的形态已见端倪。

15. 总会有意识形态的蛛丝马迹，在字、词、句子之间的关系里。进入大众尚未觉知的集体性创伤中，从一些已被制度化的句子里，我们可以更直接地打量它们。

16. 诗人正遭遇生活世界的诸多威胁，庸常的话语秩序，每天都在威胁着诗人，隐含在民主中的平庸与专制一样威胁着诗人，当人们对诗提出了公共性要求时，更是如此。其实，整个世界对诗的挑衅已公开化了。

17. 神秘这个词不可转义，它几乎前置于所有可被言说之事物。

神秘这个词，被不同类型的形而上学之手胡乱地摸过一遍又一遍，神秘这个词已被搞脏了，许多批评家意图以身体性来抵制形而上学，就以为它是一个必须被清除的词了，这是一种深度混淆，神秘与形而上学是两码事。

事实上，神秘这个词的本意不仅与起源有关，还在于这个未宣之秘，它藏匿在几于寂然的独一无二的吁请中，它也生发在语言之为语言自身之隐秘中，神秘之本意凭借人类知识学是不可抵达的，非哲学的思与诗，确又异乎寻常地从它而出。在此，我们也可以看出，神秘者所以神秘，不仅在于我们认识力未能抵达，首要的还在于使思与诗得以可能的道说向来就未被倾听，日常的说道与之相去甚远，正是从属于道说的思与诗，才给出了道路开辟的可能。

就道路的开辟而言，它首先意味着生存史之创造性转换。一旦谱系学不再能去解释这样的转换，它便具有了某种神秘的气息，诗正相契于此。

18. 诗之书写，相契于一切开端性。我们为此再次惊讶之后，真正能与之相契的句子，也不再有那种日常的敲锣打鼓般的响亮了。相应于道路的开辟，进入对开端一词本意上的返还，从对庸常事物的有所抑制，到一种无对象的敬意中的沉潜式书写，我们才与最可默会的部分相遇在一起。在这个意义上，诗之书写，即使还没能直接相契于神秘，也是对神秘一词之意指的临近。

19. 与诗并论，没有什么比写作更合乎天命。

20. 这是一个坏世界。人被裹在历史性的平庸中,激烈的后现代也会平庸起来,想抽身而出的诗人,写如履薄冰的句子,从字与词重新开始。

21. 书写的制度隐蔽在各类文本中。教科书中有它的部分踪迹。制度比框架更具制约力。如呼如吸的事物,正在制度之外露出它的端倪,不要逗留在书写的制度中,做一个向可能生活致敬的写作人,在汉诗书写的可能中,让那些被规训已久的字与词,在陌异的句子里脱胎换骨。

22. 大水已漫过了堤岸,诗人在纸叠的船上。

2009 年 12 月 21 日于南京

简介

我从二十四小时向生活滑落
睡眠花越开越黑
纸叠的摇篮中，我梦见鬼
一天的曙光，从鬼故事里产生
空穴中的风，开始吹我
我一路摇晃，滑入教科书中
一片低矮的树林，这些树
在比喻中成长，它们五行缺水
每棵树，还欠缺独立的高度
我写出乌云饱满的句子
挂在天空，它们变成大雨
可能是多年后才突发的事件
在树林，青春期如鸟惊飞
飞入哲学系，我喜欢的女生
酷似阿伦特，只适合暗恋
暗恋久了，便成了隐疾
它一发作就会泄露我的倾向
在当代，我自称游魂

大约十点,我进入档案馆
历史是个事件,但我爱历史性
钟表,开始向古代摆动
朝代,是游戏的纸牌,翻过来
每一张,都藏有文明的隐私
我滑入孔子向往的天空
西周,祭台高大,火把明亮
周文王在仪式上演绎革卦
“周虽旧邦,其命维新”
为这个句子,我在《易经》中
推算天命,逗留了大半个中年
下午三点,我从卦爻辞中
返回二〇一八年,天坛的大钟
还没发出回声,公交车上
贴着梦的标语,象形的微光
正在楼群和街巷中隐退
有一些事物,仍未露出端倪
也许,幽暗,更具滋养力
时间的圆形滑梯,灵晕闪动
它不断扩大,直至虚无
从一堆旧句子里逃逸出来
这次,我只想滑入乌有之乡

一大群影子从钟表跑出来

它们追赶我,这可能由于我

以虚构方式冒犯了生活

一天所剩无几,彻底虚度前

我的简介大致如此

诗的写法之一

没什么事比写诗更难
比如,我写出了一个冒失的句子
写第二句时,觉得第一句不当
删掉后,第二句就变成了第一句
开端就隐匿了事件
又如干掉清朝,民国才出现
这种革命方式,一旦回忆起来
一定会加入虚构的东西
故事又繁殖出事故的力量
现在,我就想删去上面这个句子
或将它插入将写出的句子间
暂时保留它,不是与历史妥协
主要是为看清混淆的事实
我不是天才,才学习删改的艺术
每个句子,都可以节外生枝
这涉及作品生长的秘密
据说,好诗大都有费解的面相
与经典无关,我这种写法

让众多汉字,不止于拟物象形
也不止于限定的字意
它们,离开旧句式,转蛹成蝶
在意念中移步换影
这不只是成行排列的游戏
汉字,仍怀才未遇
从诗经开始,就隐私深藏
诗人们太在乎文质彬彬
为此不安者少之又少
对我来说,写诗如吁请
有隐者在,向来在,近在身旁
至今,我尚无致敬之礼物
每想及这些,我就隐痛在身
没什么事比写诗更难

白山

造一座白山每天朝上爬
到了山顶才听见风声

白山中一定有更白的东西
造山之前它早已存在

泥土如泥土,石头如石头
大面积的白高过常识

白山上的白,越来越饱满
草木在山中不生不长

杂货铺

我的大半生是个杂货铺
它起初就虚拟了门面
年长日久之物,堆积在一起
上面虽有时间的印痕
颜色和形状已不够清晰
它们欠缺现实性
叫卖不出去,只适合造梦
造梦这种事,有造反的冲动
它们向来就不敬重现实
不同的梦,相互感染
形成不确定的势态
影响了我对人与物的领会
我的大半生是个杂货铺
它太杂、看不出条理
逻辑学证明不了它的存在
地图、尺子、现象学、刀
卜盘、内衣、旗帜
育婴床、鞭炮、花圈

包括转世手册,一应俱全
时间在照料它们
杂货铺中有一张育婴床
是我经常入梦的地方
这些杂货,散乱聚集着
一件也兜售不出去
我的杂货铺,像个迷宫
我与一个貌似我的人
玩惯了进或出的游戏
杂货铺越来越杂
它迟早会在骨肉中倒闭
有时,我从杂货铺的窗口
看夫子庙的民间花灯
秦淮河,流着不同朝代的水
灯光下的人形,杂乱无章
鹦鹉们大声说人话
我想,这正是时代的风气
此刻,我愿看到某种事发生
比如:杂货铺着火
灵与肉的火,无声但猛烈
坐在此刻,空如幽灵
这事谁干的呢? 谁悄然潜入

把火种藏入这杂货铺中
一场火突然烧起来了
火焰的四周,比以往更暗
这情境,平时不太留意
强烈对比,令我不适
我醒来,杂货铺空荡了许多
一些物,症候不明之物
只剩下火焰中烧焦的影子
冒出印象派的烟

病历

为了不做更可耻的人
我患上了多种形式的病
比如癔想狂、梦游症
它们每天都会发作
我的病历,已越堆越高
高过床头柜上的名著
脑电图,酷似涂抹
我对医生说,请给我黑床单
越黑越好,我好趁黑逃走
去人民路的钟表店放火
烧死一大群旧事物的影子
看火焰亮过曙光
我的病因,谱系不明
前世,去镜子里开荒种地
在谱系树上节外生枝
今生今世,我是翻译家
史记,被翻译成一堆烂账
某天,一群人在病床上

谈这世上的伟大事物
我在精神病院高大的白墙上
画一只乌，飞入乌有
为临床提供了诊断的依据
在医院，药，一日三餐
拉康牌处方药，只缓解病情
我在疑难杂症室门口
打扮成主体，穿病号服
吐出后现代的污血
医生说，我的病，根在传统
于是，我吃下《本草纲目》
之后忽阴忽阳，最焦虑的是
我死后，坟头长满中草药
昨晚，为取出大脑的幽灵花
从南京乘船去找神医华佗
刚到民国，就看见黄河干裂
古老的河道，五行缺水
这船，搁浅在一堆旧句式里
醒来后，我信口开河

2018 年 3 月 26 日

所梦

有一种死，如隐喻
比如，我梦见了殡仪馆
我的尸身，是件遗弃的作品
如同事件，置入在灵堂
哀，莫大于通俗易懂
我做梦，殡仪馆像个工厂
焚尸炉的火越烧越旺
大地每天生产更多欲望
它生产银铅色骨灰
这身体，已终老于纸
而死，如游戏仪式
又类似发明，灰白的墙上
黑色的钟，脸如花圈
“时间，谁受命占用你
词语，便占用他身体”
追悼会从这个句子开始
我的尸身有我的签名
入场者，大部分是影子

其中有水月和镜花的影子
有些影子,出处不明
它们似乎比现实更幽深
影子主持了追悼会
从我接受时间的邀约开始
进入意义的话题
将我的一生,归属于虚构
直到我看见追悼会上
有什么正从悼词里离去
才明白,这突然之死
与句子相关

名字简介

我给自己起过好几个名字

以下简称甲乙丙

名字甲:十七画。以姓名学看

它不擅长种地

又游手好闲

喜欢去广场上看桃花和人面

名字丙:火气重、有立场

二十九画。关怀社稷

我,用这个全是繁体字

印刷出来的名字

一边从中国古典中寻找出口

一边与圣贤们争辩

它读书众多,自命不凡

有时会公开说一说人的坏话

对人类来说,类似敌人

我的第三个名字

它就是写作的名字乙

名字乙和小说中一些人物的名字

以文学的方式混淆在一起
和地下党野心家无业人士
嫌疑犯或先锋派们混淆在一起
和一切反现实主义者也混淆在一起
（许多事被混淆了
正好不真不假）
它也和通灵者隐修士先知们
混淆在一起，和艺术家收藏家
批评家混淆在一起
（许多事被混淆了
正好不真不假）
名字乙时常不认为自己就是名字乙
它也和公务员地痞江湖郎中
小商贩赌徒广告商快刀手
和戊己庚辛 ABCD 或张三李四
混淆在一起
名字乙想入非非
它干过许多喧宾夺主的事
不同的叙述方式里，事物的名
也摇摆不定，名不副实
名字乙也能从白日梦中
以现象学方法悬置名了字甲与丙

这种事,靠经典哲学难以理解

和乙混淆在一起的

一定还有出乎乙料想的东西

这其中包括一个人为了可能生活

从未披露的隐私。如果

我另有其名不为人知,这是由于

(许多事被混淆了

正好不真不假)

八大山人

念经未能成佛,求道也没有成仙
不如回乡种瓜种豆,卖画谋生
天赋极高的人,注定做不了好学生
八大山人去大街上装疯卖傻
读圣贤之书,也只是随便翻翻
八大山人不再住在高山
他在明朝遗址上画了一只鸟
满身沉重的黑,这鸟,白眼向天
是不是好鸟?人们看法不一
八大山人不喜欢人们称他为画家
朱家的天空,崩溃如瓷器
政治家的革命,往往从仇恨开始
八大山人如在北京做一次皇帝
一定会闹出更多的历史笑话
更多的人会死于一场偏激的运动
艺术,有时也与私欲相关
它也是世界的秘密之一
八大山人最好只做艺术家

据说八大画的鸟有文人气节
还有书写问道的意思
但中国的笔墨,向来如水流变
人们在书写中讲究笔法
曲折中总藏着一些隐微的东西
我们的命运杂草丛生
这种事一旦直白,就败坏了艺术
如今,一些人学习八大笔墨
传统在街市上卖价不低
八大画的鸟,在北京找不到
我只从短兵相接的当代艺术中
才看到八大不肯远离的幽灵
以八大为友,可能是命运的召唤
八大山人是花鸟画大师
那只鸟,那些鸟都以悲愤著名
它们,至今还站在枝头
飞不回天空

困意

我去参加一场文学的聚会
列车运行,我困意沉重
文学的意识如窗外的大雾
再过几站,车就会抵达
我想到与小说相关的事情
想象满车乘客不由自主
都被置入在故事中
故事的开头与结尾最可疑
叙事方式决定着情节
此刻,列车正在改变速度
我如闭上眼,就会沉睡
醒来,这车如开过指定站
从原路返回,会对写作不恭
列车叫喊,我感到更困
觉得这可能是一部虚构的车
它在哪里停下并不确定
它也许类似一篇写不完的序
我不从这车上及时下来
就一定看不到文本的正文

文学总有太多的意外
节外生枝,故事才鲜活
人们活在事故里有所不知
比如,这车在虚构的轨道上
一直开下去没有终点
这一场聚会,就变得多余
多余的事情每天都发生
它们填补空虚的日子
身旁的人正在谈女人和纸币
也有人劳作而死之后
从哪个国家转世的话题
列车已进入隧道
黑暗,压迫每一扇窗口
人们的意识似乎改变了形态
声音也瞬间低沉了许多
我去参加一场文学的聚会
忽明忽暗的车厢里
我想得越多,困得越厉害
这时刻,文学的意义
不会大于饱满的困意
在车上,写一些迷糊的句子
越写,越觉得睡眠重要

须弥山

大白天我梦见了须弥山
飘浮的影子如去又如来

须弥山上有大批的空穴
吹出的风在回撤的路上

梦之外和尚们敲打木鱼
一些灵魂正在秘密转世

高大的香树挂满了句子
我猜想有人靠造句成佛

梦最高的地方就是山顶
山下的事物在深渊生长

大白天我在须弥山走走
睡眠花开败后一切如常

在北京地铁上

整个北京的地铁上就一个人
它兜着圈子,越开越慢
星期一离八宝山的墓地最近
一些影子在这里晃动
灯光下能看见发暗的皱褶
我去星期三看望一位诗人
交往的隐私从诗句开始
星期二上面是王府井大街
叫卖声中,夹杂着英语的回响
新版人民币正削铁如泥
我想评论几句,让自己发笑
不正常的念头越来越多
地铁到长安街后改道运行
它要从星期六绕进星期三
这种事小说中发生过
有后现代平庸模仿的嫌疑
猜想一下地铁设计师的意图
一定与国家的风水相关

我一个人在地铁上前思后想
不明白的事已擦肩而过
星期天的情境好不了多少
鸟儿在汉语中学习鸣叫
围绕天安门广场的旗帜飞
水泥地上落满了羽毛
其余几天,我一直寂静
没人上车,地铁更黑了
从车窗上只看见时间的脸
车厢发出空洞的回响
整个北京的地铁上就一个人
它兜着圈子,越开越慢
铁压迫铁,如老人的回忆
散出一些生锈的气息
这车删除了星期四和星期五
一些细节至今不为人知
我进入了北京的什么地方
对我来说,这事急迫
有想象力的人在星期三等我
他要和我相互虚构

竹马

竹马从成语的风烟中跑了出来
竹马自知不是本真之马才离开青梅
竹马靠联想力在现实主义烂泥中奔跑
竹马放弃了虚名只留下一些不明的马迹
竹马知道历史的记忆向来并不可靠
竹马决定不去乌托邦的草原
竹马在南京城墙边吐出满嘴的云雾
竹马为打听身世去早期事物兜了一圈
竹马从卦爻词中朝它的命运疾奔
竹马返回,它逃脱一群古人的追赶
竹马穿过各种经典文本的大雾
竹马跑过之地,开败了许多昙花
竹马进入当代,越跑脚步越晦涩
竹马踏过年代的钟声无处可去
竹马想了解离开青梅到底意味着什么
竹马在几乎没有立场的地方
竹马的影子里灌满了风声
竹马的身体突然空荡起来

竹马此刻就站在形式的高度
竹马从一些偏激的句子里看见了我
竹马已看见我前世没做完的梦
竹马准备去我梦中看悬崖的风景
竹马听说悬崖上有未名之花含苞未放
竹马决定不去乌托邦的草原
竹马自知不是本真之马才离开青梅
竹马被爱情的名义误解了太久
竹马想抹去刻在它身上的道德符咒
竹马从成语的风烟中跑了出来
竹马准备在大地上移步换影
竹马如马,竹马要我今生今世
做它的驭手

数与图

一

1. 数目之目，居高临下。

2. 生灵们为某种生存才聚集在一起，人类只是这草图上的一个部落，而数，无处不在，它遍布几何，它几乎殖民了点线面，包括一些古老的疑点、飞鸟在空间遗留的踪迹、大街小巷中漂动的人面，以及自我与他者的界线。

3. 追赶着草图上每个已被命名者，这是受命于数自身的游戏。数，在各种名称中大量繁殖，与人相遇，它也有拟人的花样。

4. 一切数，以零为根据，从零，向每一重隐秘空间作时间化渗透。

5. 零，出于自身。它像一只永不损坏的灯泡，在一场突发事故中断了电源。

6. 我们都在几何的维度中行走，以图论数，是给予在先之物，以礼物馈赠的方式，让数与图充沛起来，我们的言说还不能抵达馈赠者，我们谈论物性与它们的品质，必还取决于我们对数的态度。

在这幅未完成的草图上,零的光芒从未消隐,它照耀我们在大地上劳作生产,如今,世界器皿醒目,但仍有众神出没的痕迹,唯冒险者可以接近,这个零,正是众神隐去之所吗?

7. 一切可见之物皆围绕这个零而存在。

8. 人,围绕这个零兜圈子。

9. 我们兜出了命中注定的圈子,黄圈子。黑圈子。白圈子。

10. 一些共同体的圈子,已线条松散,它的血脉中流出了发暗的污水,有古典解释学混合了加减乘除的气味,甚或有一些真理与罂粟的气味,从点线开始弥散,直接泛滥到整个草图的面,各种圈子的边缘都笼罩着雾气。

11. 圈子与圈子,幼稚园儿童画的圈子,在方向不一的转动中,它们为了领域的守护或扩张而相互排斥、挤压,圈子与圈子,各自都有自身的欠缺和创伤。

12. 人,也总是被时间化的世界之人,黄种人、黑种人、白种人,都可以从一个圈子被翻译到另一个圈子,但我们还欠缺翻译的艺术。

13. 每个圈子,都有一个墙壁高大的立法院,它公布的条文,以数的方式排列成等级秩序。圈子的共性，裹紧在数的逻辑中，它以中心的引力，挫败边界上每一种私奔的企图，我在圈子里读经典句子，接受性爱启蒙，像被诱奸的少女，在弄脏的床上怀念处女的身份。

14. 这个世界正流行诱奸。诱奸已成为一门学问。一种性欲旺盛的权力，依靠集团修辞学的支持，在封闭的圈子内诱奸一个虚弱的阶级。

15. 数，决定了各种圈子转动的速度。

16. 有时，这圈子转动得太快，一个穷诗人患上了眩晕症。

17. 图像不稳定的年代，到处是晃动不安的人面，他们或许是我的近亲。我从爷爷身上追问晦涩的家族史，我爷爷是历史研究所的会计师，他说，不要再用诗句为这个世界提供虚构的力量，人的想象力只是一堆伪币，它不可在市场上与日用物品交换。记住，好的日子总是与数相关，说话要小心啊，柏拉图有一种心思没说出来，大意是：好东西从数中产生，它往往会毁坏于词。

18. 我爷爷的计算是公众通行的计算。我似乎已知道，早期手握尺度的人，滥用了先天之数，数字的劳役制度才代代相传，为从这劳役中逃逸，逃往一首诗将要诞生的地方，我在数与图中想象不已。

19. 但我不是数的敌人。数,也受命而在,也许,我们已卷入嫁祸于数的阴谋中。

20. 有时,我觉得自己是个异端倾向的数学家,从零这个数,我直观了数学的本质,以文化的方式切实地体会零,它没有泥沙俱下的传统,数,家族庞大影子丛生,而零,在所有展开的图像中,是唯一没有影子的数。此刻,接近这个零,不仅有奇妙的亲密感,我还有与它最初照面的敬意。

21. 那么,尼采说的那种曙光,会从这个零中升起吗?

二

1. 在数与图中,事物深度混淆,比如:劳作的人民,聚集在点线面上开荒种地,作家们在进行流派式写作,一些人抄袭图书馆里先知的文本,江湖帮派写好了各自的宣言,贩卖给图书阅读市场,风气流行。为了争执,人类的舌头后面,装上了快速转动的齿轮,全球化经济学指导他们,为一块硬币发动规模广大的火并,割据或占用其他圈子的图像所有权,殖民的借口无处不在。

这世界,数与图的秩序已败坏了,哲学与诗已不可修复它。哲学家们从形而上学的高度摇摇晃晃下来后，大部分已患上了失语症。而日常生活中人与人相互剥削的哲学，无师自通。海德格尔先生，这由来已久的哲学果真终结了吗？名利中自恋而虚荣的诗人们，也绝不会在那条林中小路上逗留了，他们不再过问成长中的人在数与图中的命运，这个年代大批量生产的诗，花花绿绿，大都如尸衣制造厂堆弃的边角料。

2. 有一种人，极为罕见的人，在绝不循环的圆周率上奔跑，这是风险极大的艺术。他是谁呢？

3. 在数与图中，时间与数保持着密切的血缘关系，金属的技术的钟表，是时间在草图上露出的脸，每天二十四小时，只要你置身在数与图中，就必须看时间的脸色过日子。

4. 我们从钟表的脸上，看不出喜怒哀乐的表情。它正面保持着圣人的从容，反面是正在腐朽的铁，我们如从侧面进入钟表，会惊异于这工具化时间在它的内部掩盖了一大堆人文的骷髅。

5. 钟表是个资本家
它有足够的本钱日夜玩弄我们
从口袋中掏出分分秒秒
勾引穷人家未成年少女

我们长得极像这个对性好奇的少女

钟表说,把做人的羞耻

从耻骨间打扫掉

意义的问题,可以在床上解决

我们冲动后,流出处女的血

之后怀上一堆影子

被遗弃在钟表店门前

6. 时间必有其他的脸,我首先想到了五官已塌陷长满了老人斑的历史,它是时间史中最晦涩的成员,当历史露出一张老巫师的脸,四柱、五行、六爻的脸,或圣经某个章节中突然显露的脸,许多人一定会受到惊吓。但时间的事件不止于此,时间幽深,仍必有它尚未显露的脸。

7. 一个人持续发生的现实,就在这数与图中,时间,预先设计好了一个人的必经之路,与时间游戏,在时间中游戏,一个人打扮成汉语传统中的失忆者,一个人雾霾重起时提前避开了传统中的旧事物,一个人带一本地下出版物,隐入路旁某个不明之地。

8. 但我会不会也是在数字和图像中鬼混的人? 我是被游戏的命运遣送在数与图中,还是事件性地被突兀抛入众多他者之中? 遣送或抛入,都关涉一场游戏的展开，我们都在远未完成的游戏中。人，只是游戏秘密的一部分，而游戏玄秘的规则从未真正显明，在数与图，与物相遇，与他者相遇，这只是伦理的练习，我们在欠缺中追问成长的可能。此刻，我在数字与图像中变换移步的姿态，人是万物尺度的理由，正在词语中瓦解，数有更高的秩序，但它尚未显露，图像也有折叠着迄今仍未展开的部分，我伪装成对现实不知所以者，站在无理数旁一棵高大的乌有树边，公开反对有理数。

三

1. 没有一条路可以通向草图上最高的悬崖，数字的梯子，也不一定能直接挂向它的顶端。

2. 一个人悬置了一切知识，似乎也悬置了关于数与图的历史记忆，一个人从先验之梦中爬上去，一个人抓住某种不阴不阳从不具体的东西才爬了上去。

3. 目光震惊！这草图上早已绘有广大的联想空间，远处，尚有光线迷离的大量团状物未闻其名，其中有流转的气体和陌异性能量，或许还居存着一些未被预期的生灵，空穴之风吹向不知之所，在目光之外，有数不可抵达之物吗？空穴之风方便我深度联想，它以比当代物理学更快的速度，吹向秘密的黑洞或暗物质，如果它们在这数与图中又不可描述，它们的形式哪里去了？

4. 人类只是草图上的一个部落。

5. 黑白黄的圈子里，气息暧昧的类种属的圈子里，数，密密麻麻，一个人在悬崖上还看见了金木土水火，又从草图的褶折中，看见意识的幽谷，一个人还看见了悬崖下公众的鸟，仍绕着大大小小的圈子在飞，但没有一只鸟从这草图中飞出去。

6. 我看见了骑青牛的老子。

7. 以词语相赠，老子的耳语，至今我守口如瓶。我们也谈数与词，我们说出了数字一，它藏着开端的隐私，词，止步于喻示。

8. 据说，一切物从出于三，词给出了它们的名称。

9. 数字三，是数的家族中最大的象征主义者。

10. 我们从数字三中，发现了动乱的现实性。

11. 而真实，几何的真实，不取决于直观。

12. 这几何，从没真正打开它自身，只以数字二，在器物中向人展示了傲慢的阴阳两面。

13. 这个事实，败坏了我的玩兴。

14. 我再次回到了零。人在摇荡不已的纷杂的数的藤蔓上出生入死,顺着这根长满了黑刺的藤蔓朝向零之所在,这个零,它就像是一只唯一能被我幸运摸到的饱满的瓜,它赠予在先,但我至今仍打不开它。

15. 我果真已回到众神隐去之所了吗?这个零,此刻,它已成了一个转动不已的圆,我以一些深渊气息的词在大地上冥想它,这个圆,它时而为零,时而是转动的圆,我猜度,它就是几何自身的灵魂,与日常所见长高宽的事物不同,这个圆,一定还折叠着比花瓣更鲜活的隐秘空间,一些交互生发的点线面,还没有从其中绽放出来。

16. 在这草图上干点什么呢?只有那个在绝不循环的圆周率上奔跑的人,才能应答我。

17. 我注定还要在这数与图中游荡下去,在数与图,谁?能让这有限之身安然无语?

冬夜

以雪的名义，盛行于冬夜
比知识古老，这天气，出自魔法
大面积的白，向远处弥漫
房屋、沙土车、路牌、墓地
露出一些含混的轮廓
大大小小的事物，失去了体面
正在退出日常秩序
这天气，阴且冷，且锋利
劳作之人，又归藏于切近之物
意义的飞鸟，藏入乌合之梦
风声空荡。白茫茫
一无所往的人，在写梅花的诗句
它开败了花瓣，才是其所是
大面积的白，这抽象的冬夜
具体之物不可上手
也绝无庇护的火焰
寒冷的人，患上了想象三月的疾病
而三月，是钟表里的一个巫婴

在此急迫中,谁泰然处之

大面积的白,盛行于冬夜

雪,在梅花的句子里,越下越大

此刻,还会有未被命名者

匿迹而来吗

几何

我们的故乡,就在几何中那个匪夷之地
太阳的光圈广大,它包围了我们

我们被遣入了这几何中折叠已久的空间
在其中,长高宽的事物,见者必朽

丈量在深渊之上,意义的面孔水气不散
为一种应答,受命之人,词语中成长

时间有另一扇门,开启之前,众神不语
几何中恍兮惚兮处,有故乡的消息

后遗症

如同飞这个词一旦被说出
鸟就是它的后遗症
一首大多数人喜欢的诗
它可能是诗歌大师的后遗症
如同雕刻的玫瑰
开败在青春期的床上
与比喻有关
这样的日子,如同
一个女人抱着和尚的影子
在年龄里奔跑,如同
历史学证据不足
从结果中捏造原因
又如同火是木的后遗症
干掉了木本身
一旦我们说出了如同
并发的后遗症就从如同而出
“好像”如同“仿佛”
乌如同马的年代

我们就这么混下去,如同
明天是昨天的后遗症
它发作的征兆,如同
从隐匿之手摇摆出来的线上
一批木偶的狂欢

给策兰

最初或最后之事,与人的才华无关
在空阔之中,它如其所如

策兰,什么隐匿和保密在名称之中
事物自身的暗,也滋养了人

先行到死,就再也收不回急迫的脚步
你接近未命名者,又无法说出

人置身在比意义对抗更危险的游戏中
旧句式,已耽搁了它的完成

这词语,发出了薄冰一样分裂的声响
行走其上的人,不可回返

以铁打铁

去铁匠铺学一点以铁打铁的手艺
这个冬天，从通红的炉火中举起铁锤

用最好的铁，先打出一批矛和盾
铁的姿态一旦改变，又产生新的问题

这个冬天，在铁匠铺学习以铁打铁
每一锤都落在隐匿的命运之中

假房子

春天紧紧围绕一座假房子，它离去前
要开败四周每一朵意义的花

假房子。假房子。我们一直朝着它喊
灵知主义的蝴蝶们留在屋顶上

我们走不进去，一直在远处朝着它喊
假房子里那一团血肉，徒有人形

好像

我正在写一些不讲道理的句子
好像和尚骑一匹白马
追赶雨夜的钟声
如同和尚骑一匹白马
追赶雨夜的钟声
仿佛和尚骑一匹白马
追赶雨夜的钟声
这世上,最好的比喻
已拖泥带水
靠比喻安慰短暂日子的人
至多理解好像如同仿佛
或仿佛好像如同

庄子和马

我们看见了正在骑马的庄子
庄子的马踏过草原的野火

庄子骑在半匹马上长发披脸
一团奔跑的线条格外反常

庄子骑着白马在句子里疾飞
身后是儿女情长的风烟

我们看见了庄子骑马的艺术
庄子在马背上移步换影

庄子把汉语的马鞭举过头顶
名声响亮的蝴蝶围绕它

庄子的马从图像中夺框而出
满身是竹简和泼墨的香气

我们看见庄子骑在半匹马上
一边打比方一边想入非非

另外半匹马可能会跑得更快
当所有的句子都安静下来

回忆

回忆是鲜活的艺术
高于人们对记忆的敬重
旧事物，盘踞在一起
天长日久，阴气更浓密
习性如冬眠之蛇
谁回忆，谁就唤醒它
一不小心，就会被它缠绕
陷入举步的困境
伟大的事物，亦复如是
对旧事物警惕在先者
少此风险

它

从没看见它
我看见它的影子
它可能是黑的
可能不白不黑
风吹动它的影子
我看见白影子
比古老的白马白
比白马更快
风先吹动了白
之后吹动白影子
我从没看见它
只看见它的影子
它也许在风之外
或在风的背后
也可能近在身旁
我看不见它
我进入它的影子
白影子最白处

一点风声也没有

我看不见它

只有一些名字

在影子中漂移

谈论它的人

已越来越多

它可能隐匿在

某些词语里

我在不同场合

看见它的白影子

从没看见它

读一些诗句给布谷鸟听

读一些劳动的诗句
给布谷鸟听，这是阅读的季节
从小麦这个词中，我看见
农业的面，正面或反面
上面下面前面后面
这些面，与小麦磨成的白面
含混在一起，一大片白
白白白白白白白白白
一穷二白的白，白癜风的白
白白联想的日子，正在继续
布谷鸟仍在对我们喊叫
我读一些劳动的诗句
给布谷鸟听，这是阅读的季节
什么？正迎面而来
我从小麦这个词中
看见了农业的面，日晒风吹中
为劳有所获，拖儿带女的人
面面相视，这些辛苦的面

加上片面、假面，形成了局面
与劳动节混为一谈，成为
一面之词

莫须树

1

莫须树上的鸟儿全部飞走了

一些羽毛留在单薄的枝条上

2

我在南方的大街上找一个人

路灯下所有的影子似曾相识

3

穿过青石路早已断裂的胡同

走进广场我突然喊了声故乡

4

火车在不远处穿过纸上的桥

窗口贴满了一群黑乎乎的脸

5

莫须树已高过城墙见风生长

枝干上正闪烁着遣送的微光

6

坐在树下我折叠了一堆纸人

我要找的人会不会就在其中

7

莫须树上离去的鸟正朝回飞

它们都是我私下养育的孩子

学习睡眠

去镜子中入睡
人们睡下去的镜子
一直明亮
去镜子中入睡
打更的人提着灯笼
旁边是风马牛
去镜子中入睡
让花朵重开的镜子
一直明亮

三个人

三个人的天气,朝古代汉语下了一场大雪
文人啊松竹梅啊乌合之众
“你们杀死了共识”
三个嫌疑在身的人,形式不一,各自奔走
一个人与德里达私交甚密,擅长文本的游戏
骑马去了首都,马蹄嗒嗒啊《故事马》
公众,只喜欢故事。批评家在乎马
故事马在乎故事性。书写,也是领土的博弈
故事马,跳入了中国的残局
(楚河旁,小虫子们在回头草中飞
死水,冲不出旧河道
而汉地,淫风横行,撕破了穷人的内衣
大多数人,为吃上安心饭辛苦劳作
这地摊上争霸的棋局,已挡了出行的路)
故事马,发出了白马非马的喊叫
做个文本家,也算好名声
一个人图书馆中出生,艺术史就是影子史
想象力,才屈身为谋生的影子

这个人,坐在独轮车上,从命相中反对称
反鹦鹉。反黑也反白。反正与反。反常
车的名气比马大,著名如车前子
一代人的偏爱,不过是精神病发作,这人
喝了云雾茶,云里雾里,没知识的样子
正好写诗,天才的诗句,不近人情
不入堂奥的人,围着它兜圈子
(但,中国诗必写入急难之中)
一个人坐在屋顶上,与鸟谈飞的技艺
之前,他已从经典中扫出一堆垃圾
一个人开花入魔,去过乌有之乡
这个人,在不见车马之地练习睡眠术
大群黑蝴蝶,如词,围绕年龄飞来飞去
他决定写一些句子与鬼神争执
这个说话嘴唇冒出晕圈的人
可能是我,可能是某人,可能是他者
三个人,酷似传说中的好友
根据一个时代虚构一个人的原理
主体啊我思啊自我呀乌合之众
“你们杀死了共识”
三个人已从某个句式擦肩而过了
三个人移情成风,都反对从一而终

三个人都可能突然去向不明

三个人:我。你。他。全都是代词的命

谁缺席了？替代,必须是傲慢的

我说:三个已被分行杜撰的人

一路走好

第三行

两行的句子已习惯了纠缠

出墙的红杏在第三行生长

物之名

你从没有任意说出物之名
它们正相安于自身

命名的游戏将会重新开始
人与物只有权宜的身份

人提及物之名不一定敬重
它们已被带入附会之所

靠直觉过好这短暂的日子
那个邀约者还没有露面

和没有被说出者默会在先
肉身败坏了与时间无关

这静默有时比想象更深远
你又折返在空荡的路上

你从不会任意说出物之名
真实有它可畏的品质

你必开口时,能应答之物
从它的名字中拔根而起

2009 年 11 月 1 日

公交车

几个滚动的圆上
架着整块长方形的铁
在公路上奔跑,卷起尘灰
一些不规则的人面
像涂抹在车窗玻璃上的
一团团晕圈

空镜子

在事物名称暗下去的地方
无言中安顿今世的身心
一个人梦见了空镜子
一个人将空镜子越擦越亮
空镜子照耀空镜子
像某种道理明明白白

鸟巢

有一个可以与你分享的巢,它自由转动
我喂养的小鸟,从这里飞入世界
它们,盘旋在物象和人面之上,飞一飞
就在汉语中长出了一些晦涩的羽毛
有些鸟一定已受到了不小的惊吓
某些句子里有它们逃离的痕迹
这个世界的天空太低,大部分意念的小鸟
飞过大地,又回到巢中,归于寂然
更微小的鸟,停在我覆盖着睡意的睫毛上
听白日梦中人们各奔东西的声音
有些鸟,一开始就飞在与世界相反的方向
一旦飞了,便在目光之外不再返还
这也是小鸟们关于飞的游戏
自由转动的巢,把路过的光线聚集在内
又保持庇护它自身的一些黑暗
我以这个巢,喂养每一只天命之鸟

2011 年 3 月 7 日

词与物

1

风声响亮。这个世界的人
已受到了词语的惊吓
这时刻,传说中的预言鸟
收拢了宽大的翅膀
回到词与物,我开始说空话
今日的泥土不再做成新鲜的肉身
那个被虚构的人
还藏在汉语里
在折叠的纸中不为人知

这个世界又准备隐藏它自身
花朵、数字或谷物开始隐退了
天空正向大地弯曲
只残留下一些白日的斑点
一个人的黄昏已及时到来
告别的句子,死后才显露它的荣耀
种瓜得豆的人,才领会它

风声响亮。我松开牙关,开始说空话
它会从自身发出回响

2

诗人们注定要在句子里出生入死
不朽的句子从未被写出
词典中的花,开在文明的枝头
又从雄辩的嘴唇上飘落了
此刻,花圈圆满
透出圆孔的冥币也很好看
守望者的黑衣
已在风中穿烂
走吧,我要去乌有之乡了
句子是最后的道路,拾级而上
某个句子里出现了灰白色的殡仪馆
它是大地上最奇妙的艺术品
它含义丰富,人们还没有学会欣赏它
此刻,我对悼念的知识守口如瓶
人们有所不知
到此为止

我已看见了句子里的睡眠之门

清明的雨,是从一首古诗中飘过来的
它落在花布伞上,是送别的仪式
去吧,句子是最后的道路
殡仪馆的空间,比传说更广大
火火火火火(这么多的)火火火火火
被遣入的身体,血肉上的火焰
像蓝羽毛飞翔

3

(此后,入眠在一团膨开的光晕中
一片寂静,是薄翼一样
向未知空间提升的那种寂静)

(此后,我在语焉不详的悼词里
开始漂荡,意识的云烟
穿过众物之名,到汉语的尽头
才会了无痕迹)

第一天:我身后的泥土
追赶着想象的人
第二天:知道了世界从来就没有反面
第三天:想起了大地上被时间包围的人

第四天:天空绽开,状态新鲜

第五天:一切又若有若无

第六天:生与死的那个间隙中

传出了神与魔呼吸的风声

第七天:我到达了不可言说之地

这至小之地,我冥想它

但不可进入

4

还没有好好去生活一场,便在想入非非中死去

我的前生,也不过是一个陈词滥调的善与恶的故事

哦,慈悲之外一切皆罪

这句话足以滋养一个人短暂的一生

此刻,一个人的冥想反转了死的含义

我怀念某人如同我怀念自己

我怀念的人,坐在纸船上写与我相互虚构的句子

我信口开河,不断提高的水已漫过了历史的岸

我怀念某人如同我怀念自己
句子是最后的道路

5

我怀念某人,我与某人相互虚构
句子也是人最初的道路
人,是脱口而出的,词本身在鸣响
第一个诡异的词,便充满了
祖先从子宫中献出的气血
它是对一种暗语或一次提问的应答
谁承担了这个词,谁就应声出场
早先出场的人,已风声在外
之后,物打扮了我们,年代久远
工匠们的手艺,又有新的尺度
物又一次考验了人的生命
从部落到国家,阶级到种族
应答的人,这是词与物的游戏
早期的提问者从不照面
人们不在意,也从不敬重
人,是脱口而出的,词本身在鸣响
每一种生,是如花绽开的应答
你们听到时,你们才成长

这是词与物危险的游戏
每一种死,也是应诺的回声
以人的方式,过有意义的日子
句子也是人最初的道路

6

这是词与物的游戏,人必须玩的游戏
应声而来的人,一丝不挂纵身往这个世界里跳
至今也没有人达到它的底部

这是词与物的游戏,人必须玩的游戏
这个世界,以它虚掩的门把人们关在其中了
被时间包围的人,每天都在兜圈子

这是词与物的游戏,人必须玩的游戏
那个与我相互虚构的人说:话语从哪里打开
人便从哪里出去

7

词与物之间,时间给予在先
人,还没能领会这一赠予
人占据了它,又在它之中骨肉成泥

物的生长与朽败，乃物性使然
时间从不干预，方便的刻记
也是对有限者的某种提示
没有它，词与物的游戏玩不起来
以它去计算欲望者的极限
这一赠予又暗示了人的命运
时间剥削了我们？时间不真不假
它只是它自己的传说
但你们告诉我，时间的镜子宽大
它完整无缺。它没有裂隙
人。词与物。鸟。重叠的世界
也在这宽大的镜子中高高挂起
一切从时间而来，又归藏于时间
从最初的刀耕火种的爱开始
人在这面镜子中假想了自身
插图一样出现后又被删去
诗人也为此写下了感伤的诗句
时间的镜子，它照耀了人面
也照耀牛首马面、昙花与影子

8

A

那时，神农氏裸身坐在大地上闭目冥想

他说,满脸尘土的人,我怜悯,我创造了庄稼

B

我们看见了人烟
人,所居何处
命运中暗藏的火
准备烧遍哪一片泥土
最初的女人
已远走他乡
情话的真相
随风飘散
关于子宫的词
也被月光所照
飘满了风沙
你对她说些什么
才终了一生

词依然召唤着我们
它喂养着饥饿的人
纠缠在布匹、铁
数字、谷物、花朵
情感与意义之中

人学会了播种

从床上开始

肉体的老歌谣

唱到烂熟于心了

大街或广场上

羽毛闪亮。纸币

也做成了翅膀

谁在自我认领时

成为世界的血肉

C

纸人儿，纸人儿

飞离世界的手

你们都是我的孩子

在更持久的死中

一言不发

D

我说空话，改变词与物的秩序，它从自身发出回响

想入非非的死，留下想象和回忆的印记

下面依然是寂静的石头，沙漠上的红狐在月

光下穿过

看见泥土、火焰背后瓷器的面孔。看见刀锋

在民间故事里滴着血。我看见皇帝带领你们去打猎

射死了每一只从神话中飞来的鸟

看见阳光下那个持斧的人在读那本关于森林的书

看见不同年代的鬼火,照亮国家的脸,看见画布上

庄子的肉身已经做成了蝴蝶的标本

看见恒河边那个独坐的王子,风卷走了他的影子

看见那匹隐藏在书中的马,它的影子仍在草原上奔跑

看见了中国早期的神,对凶猛而来的人纷纷避让

从悼词里看见了数,我也被罗列在其中

从零开始,数,丈量着每一个计算的人

柏拉图先生说,人的灵魂是由数秘密制作出来的

这句格外认真的话,后来又挖苦了真理

你们从零开始,顺着数一直向前。我就在零

的里面

擦肩而过的人,相视一笑,又不知所以

E

谁在钟声里出生入死

谁在钟声里开花成佛

9

剩下的是整个黑夜里动荡不安的水声

剩下一条籍贯不明的贼船,许多人往上爬

剩下残存的虫蛹在水面上说蝶的故事

一个疯子在岸边对我大叫:孩子们

把生活像儿歌一样唱得干干净净一句不剩

——我们现在就草草收场

剩下的是一些相互剥离又再生的形式

一些混杂在事物中的不确定的声响

一定有什么压迫在里面,年代已久远

剩下的是对立面上辩证的把戏

剩下这黑夜里从没打扫的人的隐私

虚荣与耻辱,我们现在就草草收场了吗

一切才刚刚开始

世界说:请打开我

人就是我的深渊

10

那个虚名远扬的人

在季节里开花

笑容可掬

一路跟随的孩子们

提着花篮，收拾阳光下

卷曲的花瓣

那个虚名远扬的人

从我的墓前走过

微笑不语

突然想反抗我的死，并再次混迹于杂草丛生的地方

从词语中去打听人的出处，词语已流露出蛛丝马迹

总有什么就近在身旁

11

此刻，夜已降临，什么在重生

广场上青铜雕像的嘴还在沉默

若有若无的我
坐在相框内
挂在你的墙上
等候那个巫师
从月光下到来

我一直在等候那个缺席已久的人
这个人要从陌生的句子里到来

但是风说:在每一个可以居住之地
词语的梯子,早已悬空挂向大地
造句的人,每天都想爬到梯子的顶端去
人能够看见什么

纸人儿。纸人儿。纸人儿
你们都是我的孩子
人能够看见什么?人能够看见什么
一切生者,你未知,你被期待
一切生者,你可能,你被期待

12

向更远处去,赴约的路

一定要走到尽头，我们行囊已满
落叶又一次砍在年龄的脸上
器皿中雄辩的人
舌尖后齿轮冒火
那只预言之鸟，收拢了宽大的翅膀
它不再指导我们向别处飞翔
黑夜广大，日光饱满
赴约的路不只一条，它也许就近在身旁
没有人提前到达

13

句子里出生入死的人
现实的这只杯子已倒空了吗
一切物，在无言中相依、持续
河流。天空。泥土。鸟和花园
它们敞开着，也有所预示
物已在。相互认领。从不亏欠
与物相遇，人已被赋予了什么
物的果实，从枝头挂向人间
句子里出生入死的人
捧着它，会不会满手敬意

14

从风吹草低的汉语中听见花开的声响
你好，与物相遇，要学会说话
堵截了词语的人，不会有好的下场
词语被耽搁了，物更容易朽坏
坐在门槛上看图识字的孩子
上午去幼稚园，下午就白发满头
你好，想从小说中逃逸的人
逼问你，我的死才不会多此一举

从风吹草低的汉语中听见花开的声响
你好。一切知，一切言说
都注定掌握在黑暗中吗
你开口说话，绕道而行
也仍然是一种应答
一切风不可自我推动，慈航者谁
一切物不可自我推动，慈航者谁
一切人不可自我推动，慈航者谁

15

我们的身体已藏污纳垢，还没有人
献出劳绩，在这大地上好自为之

回到词和物,风声响亮

词与物的日子,离谱一点

它才会广阔起来

从词语中去打听死的含义

人没有好的生活,只有不更坏的生活

从虚构开始,向每一天倾覆

句子就是最后的路,把自己收拾干净

被掏空的人,在句子里回荡

喂！谁在倾听

2007 年 7 月 23 日改旧作

2010 年 9 月 23 日再改

关于《词与物》

1. 作者，只是与文本写作相关的一个可疑的概念，它的可疑性，是由人们早已习以为常的“人”这个名词自身的可疑性所给出的。作者的可疑不会淹没在文本中，它是文本艺术的决定性条件，是文本私下弥散的气血。即使作者移步换影甚至从句子里抽身而出，词仍然会披露它的踪迹。所以，踪迹的力量吐露着形式较为隐秘的在其自身进行转换的道路。而这个踪迹本身在文本中如何呈现，正是文本所以成为文本最具游戏性的表达。

我相信，从品质上看，那些至少已具有差异性倾向的文本，能够在游戏内部造就出陌生事物，同时，差异性文本，总是挑战性地揭示出它自身尚未完成的一面。这也是有差异倾向的作者本质上的可疑。这种可疑性一旦被消除了，诗的写作的意味很可能也同时被取消了。

写作，时常有所惊讶。写作者和事物的关系不是在写作之前已被确定的，它是正在生成中的关系，也是未完成的关系，诗的文本更是如此。

在《词与物》中，这种尚未完成的关系影响着作品的结构，词，因此摆脱了日常经验的压迫，它可以在你意料之外拥有更广阔的出场空间。在此写作情境中，作者的好奇时常指向语言自身，作者朝向语言自身的惊讶，是不可仅从技术的角度去追问的，我这里指的是与文学史相关的写作的技术性，大部分诗人寄生在这种技术中，他们受制于技术并满足于技术的施舍。技术衍生的产品之规模化生产，毫不留情地将这种重复的力量烙刻在这些诗人的作品里，这显然已是对诗人的最刻薄的挖苦了。

一首好诗，在它的非经典的句式中，有着指向它自身的庇护性，它通常会被公众责备为晦涩，很少有人去想这“晦涩”正是实事本身的秘密。批评家们习惯于仅依凭文学知识和日常经验，对诗歌文本进行与诗歌史保持一致的批评性言说，许多人并不真正知道，诗与开端一词的亲密关系。一首优秀的诗，从它最初被书写，它与历史的不一致性就已然显露了，它作为初始者在场着，也作为初始者正在发生着，从极端的位置去看，它是非历史的，这恰是诗给出它自身的最具天命意味的东西。

那么，批评从哪里开始呢？我以为，我们的时代正迫切地要求一种领悟性阅读，而我们这个时代的批评家，喜欢首先做门生满庭的学问家，要他们踏上这条领悟性阅读之路并不容易。在逼仄的汉语语境中，这种阅读的衰败，正在广泛持续着，这个事实不仅关乎文学，它已经在我们的生活中被日常化了。

其实，在领悟和直觉中，人和世界的关系更加直接。但人们已习惯于沉溺在经验世界日常设定中，绝大部分以批评家自居的写作者舍此便无所适从了。指出一些批评家尚未真正学会阅读，可能是一种缺乏礼貌的断言。但在汉语批评这一领域，批评家阅读能力的匮乏一直未被说破，这是一个惊人的事实。

也许，有些诗可能更适合密读。不确定性的写作在游离中指向某种可能，你要有能力让自己生活在陌生地带并满怀惊讶。

2.《词与物》从我开始，这个“我”始终是被词和物同时虚构着。“我”只是一个与他者不断照面的代词，它在文本中替代了那个正在以人的身份言说着的出场者。它否定日常品质。它在句子中开辟的是身份转换的道路，如同词和物在相互给予中相互照亮。“我”作为代词的微妙的代词性，支持着这种诗意的衍生。“我”在持续地绽出并敞开着。“我”在事物相互纠缠的关系中，首先向陌生地带绽出并敞开着。

3.《词与物》似乎总是在向缺席者说话，而且总是在生活的界限处说话。这个从越界的意图中突显出来的边缘性，既指示了写作者的境遇，也暗示了一种写作的立场。它首先是一种对边缘一词所蕴含的异端价值的认同，对我而言，这是必须确认的事实。正在言说的人，领会关于边缘的边缘性，从边缘一词可能给予的暗示出发，《词与物》的撰写者坚持在多重虚构的路上。恰恰是在人们习惯于向中心聚集时，无论从日常生存，从权力、道德还是诗学的角度去看，边缘地带使“我”这个人称代词的代词性更加丰富了，“我”一旦拥有这一边缘性，“谁”就奇异地成了“我”的权宜的答案。“谁”这个奇特的代词，一旦不再作为疑问，而是作为某种权宜性的答案取消了主体，它就可以成为任何一位他者直接在场。这个词在想象中的反复出场，它不仅让惊讶得以保持，实际上也意味着许多熟识的东西，已在差异中被重新应答了。

它真正瓦解的是有关人的蜡像式被设定的意义，同时也瓦解了那些被庸常见识价值化了的摆放精致的缸缸罐罐。所以，《词与物》中的“我”的身份还只是一种可能的身份，它归属未明，但这个与“谁”相互喻示着的“我”，它具有着逼人的真实性。诗，在这样的话语空间里，也仅是一种给予性的光照。

4. 倾听汉语，就是倾听它含苞待放的那部分。汉语在涌现。它正在发生。它朝向可能世界。它蕴含在现实的不确定的关系中。

5. 诗的结构是一个鲜活体，它在生成中。从结构上看，《词与物》有反一般几何学倾向，当建筑理论以几何学为基础时，《词与物》取消了日常生活中的建筑学意义，这是一个有关人居何处的叛逆式追问，它也披露了人自身对居所在先认定的可疑。而生成性的结构，总是不断地在形式的力量中转换的结构。在鲜活的生成之中，它消解日常欲望，包括作为日常生活的“基础”被迷恋的那一部分。从这一阅读维度去看，《词与物》也许提供了关于道路的冥想，但它不提供居所。

6. 有一种阅读遵循着日常习俗。这种公共阅读方式可以说是产生于教科书指导和泛意识形态的训练,它在潜规划的制约下阅读某一文本,于是,便有了集体阅读的效应,它取消了个人判断、中断回到个人认领的可能之路。这种集体阅读效应,其实经常是一种疯病效应。

7.《词与物》的写作似乎进入了某种冥思,由冥思而出的东西给出了什么样的诗意,我好像不格外在乎它,让我格外在乎的是,作为代名词的"人"在写作中的一种代词性的敞开,并承担代名词所认领的某些不可理喻或难以言说的东面。

人本身仍是一个秘密,但总有什么正在被说出。

文人与竹

中国竹子的故事越来越空
适合文人们搞空想的名堂

西湖文本

1. 某一天剩余的部分，我在名声响亮的西湖散步，湖边的石料单薄，滴水的青苔上露出了工匠刻写的刀痕，打量上面的题句，有许多与抒情相关的比喻，甲像乙，丙似丁，好像如同仿佛，一大堆形容词夹在中间，事物正在被比喻的力量再三虚掩。近旁，一些女人的脸上线条已松散了，她们从美院的窗口打量我，半卷的雨帘上，还挂着一些工艺美术的花瓣。我拒绝以形容词来叙述她们，这不仅与写作的态度有关，我把自己折叠在未完成的句子里，又再次打开，从西湖的题句边小心地绕过去，想一想，甲乙丙丁的事，它们最近又渺小了不少。

2. 放下小摊上的西湖指南，我打算一个人直接去西湖游荡

a. 我打算去苏堤中看一看桃花里的人烟。

b. 我去人烟里打算看一看苏堤中的桃花。

c. 人烟里我打算去看一看桃花中的苏堤。

d. 看一桃花打算去苏堤里的我看中人烟。

e. 桃花中去苏堤里打算看的我一人看烟。

f. 堤里的一人看苏烟算看我去花中打桃。

某一天剩余的部分,我折腾在湖边的茶馆里,我就是传说中能够把这个句子想到烟消人散的人吧,以这种方式游一游西湖也好,我有自己和自己玩的不凡天赋。

3. 慕名而来的游人,从白堤到苏堤,桃花中藏好了人面,导游一路上贩卖着典故,她说的是从帝王到人民的西湖,从历史的宫妃到今日之市场接客女的西湖,游人乐于常识之解读,此刻,我听见有人在西湖的侧面开口说了话。许多人看不见西湖的侧面,也无法抵达,在几何的西湖,最初象征的西湖,侧面一词,也已暗示了目光的转换,果真是侧面明亮啊,侧面之物,它们正相互照耀,物性鲜活,我也在事物的侧面任性行走着。读一读西湖吧,中国文人们对称的笔墨,已被我一脚踏出了裂隙,一转身,我就落到了正反之外。

但西湖又被比作西子了,宋词的后面是一群明清的人脸,是折扇中工笔与小心写意的一批人脸,江南书生的意气已流露在先,所谓美,也仅存有这么点几乎已不堪品读的滋味。喂！你们说的审美是什么意思？或浓妆、或淡抹,一切已在意料之中，在西湖，这就是关于园艺的幸福生活，管理工修剪的铁器在手，呜呜呜！企图把握着每一根野草的尺寸。

4. 我坐在言之无物的地方，世界已离我而去了吗？我把岁月又空想了一遍，与空想有关的事，会不会在大白天露出它陌生的脸。

5. 某一天剩余的部分，石头的梯子，从最高的山峰一直挂向湖边，时间的枝杈上落满了人面鸟，此刻，满山是空穴里吹出来的风。你在灵隐寺上兜圈子，古刹里开花成仙的人还没有回来，但是，你是谁呢？

6. 牛年。我坐在断桥上弹琴给白素贞听

牛年。我坐在断桥上弹琴给白素贞听

牛年。我坐在断桥上弹琴给白素贞听

牛年。我在民间传说中转了一大圈没事可干

牛年。我坐在断桥上弹琴给白素贞听

牛年。我坐在断桥上弹琴给白素贞听

7. 游于纸。我在西湖这个词里找一个白眼婴孩，以睡眠草把她喂养长大，有朝一日，她会看穿我的水月镜花。

8. 纸本的你，删掉了注释才直截了当。纸本的你，在西湖边即兴地拆解开来，人们看到的部分，仅只是你与西湖打交道露出的端倪。纸本的你，一部分错开另一部分，删掉了注释，在不被人留意处，小心！打开了纸本，迎面就是短兵相接的锋芒。

纸本的你，此刻正与我混为一谈，删掉了注释，我们才直截了当。

从纸本中拆解的片断，和西湖的风光交错在一起，零散，是飞在旧事物里的剥离之刃，一切还有待收拾，一拼贴，它就反对了完整。

9. 我以一湖浑水草书了一条破网之鱼。

从编织的网索中游出来，它遍体直觉的线条简单明亮。

10. 但西湖沿岸的草木，还在中国传统的园艺规则中生长，而微小的昆虫们入夜后寄生的歌唱，只剩有一点仅可回忆的原生气息。

11. 一群即将入冥者追赶在准备出场的路上，哦，今日是每个汉语人的清明！

我猜度，这祭日中，一定会有极端的图像，雨中的桃花，会冥币一样落入虚无之手。此刻，以人自居者，也仅在假想的敬畏中享有一种权宜之名，怀念的灯影，飘在时间之门上模糊一片，我坐在湖边看鬼，魂出了窍，骨肉空荡。

12. 每件事都隐匿了更具体的力量。每件事越具体,越匪夷难辨。

13. 入夜,江南黑乎乎的泥土,再次抱紧这一团柔软的西湖之水。生意人骑着布匹里的鸟落在花堤上,他们说,西湖如再生之处女,看它胸前月色中起伏的小小波浪,又一笔关于风景的黑买卖正在进行,湖岸酒吧的灯光,时尚又锋利,啤酒瓶从歌手的嘴唇上又冒出一股鱼腥味,对呀,是一批资本的猫发了四月的情。

我在看西湖潮湿的牌坊,它字迹模糊,什么未能醒目又不可触及。

14. 一群红唇鸟,从西湖泄漏的风声中飞出来,它们飞一飞,又回到了旧事物的巢里。

15. 西湖的井太多,一个人不喜欢听蛙鸣于井的声音,一个人靠想象力反对井,井市之井井井有条之井井然有序之井,一个人入魔三分的手上有一张虚构的门票,一个人没能在湖岸上砍断井口开满情花的梯子,一个人知道不能靠想象力,在西湖的井边把自己一次性累死。

16. 风,游荡于日常之景象,也只是即兴吹一吹,这和我平日开口说话的气息大致相合,不在乎有什么学问或人文修养,对不起,西湖,我的姿态天生是游离不定的,对不起,它在修辞之外加大了时间反驳的难度。

17. 总有些东西,它仍归藏于无人在意的睡眠之中。或许,这西湖也有让我另眼相看之处,也有肉眼不及之物尚未被默会。比青铜响亮的不一定是事物本身的根据,一口纸钟,正挂在一大片游戏的句子里,它从掏空的耳朵里发出了回声。

手稿

［第五页］：

你捕风时要捉的那个影子，折叠在第三页的门槛上［它飞过第四页的一点蛛丝马迹，就是句子里已被抹去的那一部分］。

第五页上正出土又一批文物，竹简、尸骨、帛书、瓷器闪亮。

入夜，上涨的河水开始倒灌，漫过第五页之前的堤岸。

此刻，会不会有纸人在场？

我见过的人，大部分是纸人的孩子，另一些人寄生在纸人周围，隐藏了被收养的事实。

第五页，仍是纸人看管的地带？与纸人打交道，我们在类型相同的句子里折腾已久了。它故事在手，名声响亮。纸人的故事还在讲述中，我们一出场就不那么安分，被发配在月黑风高的情节里。东闯西奔，与纸人短兵相接，才找到了从它的故事里脱身的出口。

朝边缘去。我和你，进入了虚词之域。这是

第五页上最后的空地。石头如石头，花开如花。纸人不在。我们约定，把睡眠的房子，虚构在这片泥土上。

进入了空地之空。世界象征它自身。

神会之路上挂着词的灯笼。

我冥思。我入眠。但你反手关上了直觉的大门。

从此，为纸人的形式、价值、结构、意义的话题，我们争辩不已。直到牙关上冒出火焰和汉字的灰。

以人自居，我们都乳臭未干。生活，还有从未开启之路。在天命这面镜子前坐下来，握住我的尘埃，我决定，说一些唇齿未必相依的话。

[第九页]：

我被一个没人领会的句子分离到第九页。

凡一切发生在先者已不可回返。凡必朽者都会在腐朽中消灭证据。

在时间的事件里，我们的游戏才初现端倪。

我在象形之地
干了匪夷之事

反说明。反定居。反对你

反一分为二。反复制

反日常兮兮

反白描。反工笔。反黑描

反对纸人手上假鸟成群

反抒情。反可逆性。反此像彼

我以陌异之手

反手一搏。反

井然有序之井。反死水

反花腔。反脸谱

反口水。反表现之表

反算计之计。反

如果之果。反对称

反对你。我拆掉了第五页的房子

从第五页到第九页，我省略了如履薄冰的叙述。它也包含了不起眼的事物。

下面悬置的几段可以删改，也可取舍于一念之间。

悬置 1：[其间，纸人的孩子们聚集在一起，脸上的墨迹未干，以纸为本，它们正顺着几根黑乎乎的藤，去摸汉语中悬挂的瓜，你也经典在手，你坐在第八页上，目光迟疑。]

悬置 2:[又见纸人。纸人坐在金匠打造的椅子上。手持丈量之尺,总有什么又不期而来了,它故事中的金属气暗藏了杀机,这一切,把握在技术和计算的手上。]

悬置 3:[鸟乌马。乌马鸟。靠毛这个词和相似的字形串通在一起。]

悬置 4:[坐在这故事的漏洞旁,这是我进出自如之地。我走上文化大街,一些人继续把一堆抒情的句子往图书馆里搬,我路过时打了一个比喻:好像如同仿佛。转身已把它删去。]

悬置 5:[红皮树之果从图纸上掉下来了,剥开后里面全是事物的因。它折断的枝干,据说戳穿了必然性。]

悬置 6:[抱着一口钟的人,睡在寸草不生的地方,我从这个人的梦中疾飞时把钟声敲响。]

这期间,我省略了如履薄冰的叙述[其中也有关照和悲悯的意念],比如:纸人的孩子看不穿我的底细,入乡随俗的邀约反复再三。

悬置 7:[柴米油盐是我的云烟,可不可以在此隐身一世?在每一页的破缺之处,我说了纸人的坏话,我说了靠想象力去领会的话。为了有所避让,从正反可被预期的生活中抽身而出,我开始了移步换影的日子，这一刻，遍地是模糊的字迹。但这截然是开荒种地的劳作。词语的庄稼，肉身里的庄稼，靠气血的浇灌，直接抽出了异端的花穗。料想之外，纸人看不见，我的果园，有更多的枝干突然分杈，上面挂满了提问的句子。还没有人进入这个仅可直觉的地带，寂然之中，不见应答，想一想，无言处一定有未被收拾的锋芒。]

悬置 8：[为了避让，远离第五页的路上，我看见庄子梦过的蝴蝶们，也朝第九页这边飞了过来。这也仅是剥离中的权宜之飞吧？不仅为了避让。我移步换影，一念之间，转换到了这个世界的侧面，与我同行的还另有其人。]

六、七、八页，有些东西在皱褶中从不被人提及。

到了第九页，我们的游戏才初现端倪。

[第十一页]：

因果之路

到了第四页

突然中断

你没能进入

第三页

门槛上的人
独自冥想

［第十五页］：

折叠在第三页门槛上的影子无人认领。

剥离了影子的人，在句子中游荡。

［补充］：

我去没打开的页面中转了一圈，无人临界。人们按顺序整齐排列在故事的模式里，没有人节外生枝，干一点与习俗不那么相干的事。

这些天，那条倒灌的河流渐渐干涸了，行走的船只已到了它搁浅之地。从这条船上下来的人，大部分又折回了第五页，擦干了满脸浪花，又为衣食儿女重新奔走。

我在时间的岸上［这是用最初的泥土做成的岸］。

象形之地，象形而已。

此刻，那个从来不被你接近者，会不会在你朝向自身的回转之处？其实，关于开端的迟疑，我们都不会打发干净。令你好奇不已的那个影子，它和实事本身的关系还有待重新谈一谈。这确也是影子刻骨的年代了。但凡生发之物必有意外的转换，于不可类比处献出它的光照。

我反对你，是有关革命的练习。我反对过的纸人，已有了折叠后再次打开的能力，这件事可以换一种眼光去看，纸人，也有它绝处逢生的命。

[句子中还有更多的东西将被一一抹去]。

你从哪一页追问我今后的去向？

把与生俱来的东西收拾了一遍，这骨肉之身也要我好好去养育。但我已神秘如初，惊讶于这些以人自居者，都还乳臭未干。物，是其所是，人，含苞未放。也许，我们还没真正学会说话。纸人，我和你，早已卷入了词语每天都让人惊魂的地带，它被打扫之前，没有人可在无言中安置短暂的命，我必开口：那个人。那个剥离了影子的人，从反常的句子里举起昙花。

如果

众多的影子聚集在一起
这个夜更深地暗下去
一直暗到你从句子里
突然到来,大街小巷中
所有的灯,都是比喻的灯
类似一场秘密邀约
你从比喻中寻找某人
整个大街,除影子漂移
和分行排列的短句
胡同长满青苔的墙壁上
开着前朝的蝴蝶花
某人不在,影子成群
比喻的灯光正在熄灭
这个夜正更深地暗下去
你穿过无人的街巷
只留点踪迹,然后像风
回到空穴

马城

马城。我在这页纸上即兴写出了马城这两个汉字
全世界的马都在往马城里跑
此刻是什么时刻？十字路口的棋摊上兵荒马乱
楚河边的马，身体蜷曲，在残局中蹩了腿
此刻我一个人在马城兜圈子，一些马马虎虎的马
在大街上跑来跑去，马具店的墙上
挂满了缰绳和马鞭，驭马手册上印着广告语
“马也爱驯服的艺术”
这座马城，大白天也有许多诱惑我做梦的东西
这与马城人的习俗以及生活的隐私有关
此刻我一个人坐在马城里看一场马戏
马城的人，马褂上绣着马兰花，城管员说
识时务的马，才算是好马
马城的人对马的经典学问，或多或少有些了解
此刻我又从侧面打量了马城这两个汉字
全世界的马都在往马城里跑
此刻是什么时刻？在马城，钟楼里挂着一座假钟
没人能敲响它。此刻我想起的马
是一匹若有若无的马，长得有些不像马的马

它至今也还只是一个传说
此刻我坐在只有一个人的马蹄形状的图书馆里
从圣人的语录中,看不见这匹马的踪迹
六十四卦的爻辞里也找不到它
此刻一些马马虎虎的马,还在大街上跑来跑去
人马众多,我见过白马,也见过非马
也认识了公园中的一大批木马
从一条关于马的注释里,发现了塞翁失去的马
它是第一匹反对吃回头草的马
它走失的真相,想一想又不仅如此
骑马找马,这是此刻我最想干的事了,骑着它
离开马城,我去找一匹若有若无的马
一匹长得有些不像马的马
此刻是什么时刻? 城门上已挂出庆典的马灯
那么多的马蹄,从这页纸上又踏出了汉语的尘灰
我必须赶到这页纸的另一面去了,这匹马
它一定就隐匿在一个还没写出的句子里
此刻我在日常生活的哪一部分呢
马儿叫喊,此刻全世界的马仍在往马城里跑
一路上,从马城里传来的风声很大
我骑马找马
此刻是什么时刻

概念市场

这世界是概念市场
英语和汉语都在吆喝
虚无主义是翻译家

概念大师们背景幽深
个个如门派帮主
国家都贴上门派的标志
外交部发布广告词
星象学与八卦抢占市场
民族性支持地方主义
每天都讨价还价
古老的国家门面都很旧
靠进口概念装修翻新
美利坚民主牌外套
与资本的隐私捆绑销售
并在各种贸易谈判中
转让知识产权
这是概念致幻的年代

后现代概念畅销后
巴黎研制大批新的句式
出现概念繁荣的局面
为了回到实事本身
中国进口现象学
汉语向来欠缺透明度
家族中影子众多
首先悬置了还原概念
意向性成为句子中的雾
至今,它仍是一笔
亏损的买卖

人们靠概念生活
成堆的概念出自经典
许多旧句子,打折之后
又成教育的畅销品
概念市场,摊位众多
从来不关门打烊
历史摊位,卖各种故事
一代代转手倒卖
幼稚园的孩子
是最大的市场需求

有人从意识形态专卖店
批发真理的赝品
以向往未来的方式
刺激精神消费

这世界是概念市场
汉语和英语都在吆喝
虚无主义是翻译家
人寄生在买与卖中
人的概念,也迟早会
买空卖空

2019 年 2 月 11 日

翻译

（总觉得这首诗以下的开头早已存在
把它写出来，也有翻译的意思）

开头 1：子虚翻译了乌有。这种事情
汉语人比柏拉图后裔知道得更早

开头 2：一代又一代不安分的日子
是从某种神话中翻译而来的
人们从没完没了的译注中打听身份

开头 3：鸟翻译了飞。有人先看见飞
之后，才从天空看见鸟的翅膀

开头 4：我写不好《翻译》这首诗的开头
翻译的行为，比梦游更难料定

开头 5：如同一些看上去语义确定的句子
它们译成汉语后，又节外生枝

开头 6:如同我从经典中翻译出之乎者也

圣人的影子,从句中散出幽灵的气息

开头 7:火从历史档案馆翻译出一堆灰烬

从钟表里,没人翻译出时间的秘密

(这些句子间一定有什么正在发生

也许,某人只写了开头,就不了了之)

火车在喊叫

从一个朝代开进另一个朝代
火车装满了喊叫的火

火车装满了喊叫的火
从一个梦开进了另一个梦

火车的嗓子冒出一团团黑烟
历史翻译它,语意不明

喊叫的火车有一天突然停下
谁是打扫满车灰烬的人

2006 年 5 月 1 日

送你一匹马

一匹线条如风的马
一匹从草书中诞生的马
在汉语的云烟中奔跑
一匹马要跑多远
才能从某个句子中
找到归宿之地
马鸟乌混淆的年代
相似性纠缠我们
逃逸出来才跑得更快
送你一匹马,一匹
从书写而出的马
一匹含义大于意义的马
一匹越比喻越黑的马
它像鸟又像乌
也像我们

短句

风决心隐匿

必止于吹

身体沉静后

词语寂然

镜与花

有一种白色花朵
在我梦见的镜子中生长
镜子外,人声喧嚣
句子众多,比喻再深远
春天的风声再大
白色花安如睡眠
但只要成群的句子
安静下来,它就会绽开
直到虚灵柔和的白
充满镜子,光辉饱满
这种事不常发生
转瞬即逝,类如想象
对此,我三缄其口
吸取花瓣绽出的灵晕
秘密成长

疯女人

那个疯女人头上插着野花
坐在高高的院墙上
赶走每只前来鸣叫的鸟

月黑风高,她打开我的门
一把鬼火将我照亮

中秋

中秋的月亮高高挂起

这是几何的节日

人们对圆想入非非

灯

大白天的灯
悬挂如景物
灯只在黑暗时
才显露光芒
人们看见
饱满的光芒
心存感激
但对灯本身
从不在意

坚持

你到来之前
我坚持在一棵树上
它是一棵假树
越长越高,我几乎
伸手就能摸到
云朵背后众神的门
你到来之前
我也可以是一块硬币
坚持在人民路上
等待某个贫穷如我的人
让这人的手握着它
有一点安慰

唐朝

花开唐朝
整个唐朝
只有两个人
一人写书
一人栽花

写书的人
虚构了国家
国家的故事
疑点丛生
花开唐朝
唐朝的皇帝
纸上出巡
路旁的人民
若有若无
一笔带过
写书的人说
唐朝之外

饥饿遍地
插图上的庄稼
可喂养他们
花开唐朝时
我看见它
大雁塔的鸟
朝我喊叫
有人身披袈裟
骑陶瓷之马
一路向西
一路冥想
看见唐朝
看见两个人
在词与花中
相互杜撰
整个唐朝
只是两个人
未完成的梦
也可以说
唐朝如梦
男人写书
女人栽花

词后面是花

花开唐朝

两个人的江山

写在病句里

语焉不详

我看见唐朝

整个唐朝

只有两个人

男人写书

女人栽花

街面

我们在大街上看不到 C 面
一个纸人站在靠近 C 面的地方
它后面是折叠的古老胡同

我们在大街上也看不到 B 面
大多数公民正在 A 面匆忙行走
灯光下是肉体和资本的脸
A 面和 C 面都没看见 B 面
听说 B 面是一条手绘的小巷
一群人在玩形而上的游戏

在手绘的 B 面也看不到 C 面
C 面的幽暗只能进入 A 面
与影子结盟后会被 B 面拒绝

A 面和 B 面其实都近在身旁
有人如从 B 面朝 A 面大声喊叫
会引起 A 面的不安和动荡

大街上我们看不到 C 面和 B 面
一个高大的纸人挡住了目光
它身后折叠的胡同,越来越暗

哀歌

旧事物众多的地方
总有什么正被夭折
一代又一代唱过的哀歌
人们还要唱下去
将会有更多的东西
要放进哀歌里唱
有些哀歌,意义不明
不适合集体合唱
它出自个人的隐痛

记事

我去急诊室看病
医生说,我病情不明
我走出医院,突然下雨
白雨伞黑雨伞灰雨伞
大街上瞬间飘满了雨伞
雨伞下空无一人
这几乎是失真的大街
雨越来越大,更加猛烈
下下下下了大暴雨
我的病就是大暴雨
下下下下了大暴雨
暴雨大面积倾泻下来
奔入河流,兴风作浪
下下下下了大暴雨
大街上瞬间飘满了雨伞
这几乎是失真的雨伞
我的病就是大暴雨
白雨伞黑雨伞灰雨伞

它们接受了文人的虚构
也对付不了我的病

关于西湖的简单句式

——给 QS

1. 苏堤很长，一阵阵人烟
湖边的柳枝，低垂到面前，秋水中
遗留着一些游客剥离的情
或许如此。不过如此。并非如此
西湖的风物，看上去
只是一些即兴的句子

2. 去断桥上看风筝，想起别人的江山
南宋才子们断肠落泪的传说，让游人轻薄

3. 坐仿古的船在湖上游荡，远处开阔
堤岸上，人形折叠进树丛，好

4. 西湖的水，把穷人的脸洗得更寒酸
有一些陌生，有一点隐痛

5. 西湖的图卷，是江南才子的折扇

打开来,可以应付夏日热烈的风

6. 不必看穿吧,此刻,西湖风浪未起
举起酒杯,我们就闲在别处
兄弟,钱江潮突然到来,又转身离去
短暂的事物,更值得歌唱

我们

我们,命定于词
好几个我,聚集在一起
成为我们,你我他
作为代词,为替代什么
在同一个身体里
争执、抵牾甚至反对
欠缺避让的姿态
这身体,已词语成堆
从无某种契约
让我们沉静下来
我你他,作为代词
在不同句式里
以人自居,乳臭未干
满嘴主体的烟
唯有做梦,当你我他
向身体内沉落
唯有梦,出自深渊的梦
才将桀骜的你我他

团结为自我之暗
好几个我，作为代词
面目暧昧，我们
在句群中飘移已久
从没一个陌异的句子
让这代词的词性
丰富饱满起来
这主要是由于我们
至今仍不明白
谁是那个被替代者
我们，命定于词
像是从身体裂隙中
跑出的几个影子
在比喻的风声中
爱，并且移情
干的最有倾向之事
也在貌似真实处
暗藏怀疑主义
我你他，最初被说出
只为了替代什么
才加入代词的游戏
好几个我，成为我们

虚拟了共同体

又以另一个我的名义

各行其是

想起孔子

有一条河
孔子在上游
我在下游
孔子坐在河边
对弟子说话
孔子说的话
顺流而下
波浪开花
我在下游
孔子在上游
在它准备
分岔的地方
这条大河
越来越长
它的开端处
乌云饱满
我与孔子
都无法到达

这条河也会
洪水泛滥
它曾多次淹没
人民的庄稼
孔子在上游
我在下游
孔子说的话
每天回响
这条河最近
提高嗓门
一部分声音
出自暗流
像某个故事
改变叙述方式
孔子在上游
我在下游
在它命运中
分岔的地方

2015 年 3 月 13 日

病句

汉字以丙为火，病这个字，丙火在内
大致是指某个人身体里内火太盛
我是语文教师，与病句打交道
它们，在不同句式里，年长日久
这些句子病气弥散，感染了我
我越来越没修养，火几乎充满我
火克金，火要克我天命中革命之金
这些病句，大多产生于传统
一部书写史，藏着许多病句，比如
火由木而生，儒家词典中，以木为仁
这火，会不会与圣贤之书相关
我是语文教师，认识的病句很多
一些病句，花枝招展，名声在外
它们，经常和天才的句子混淆在一起
搞乱阅读，也搞乱评论。病句
一定还暗地里搞乱了其他的什么
在教科书，在媒体，在图书馆
病句无所不在，病这个字，丙火在内

我的身体里正发生一场凶猛的火灾
火，深入骨髓，我目光冒烟
人云亦云，失去了对句子的直觉力
我有火，愤怒之火，抑郁之火
最让我坐立不安的是一些无名之火
什么？在这无名中长期隐匿
内心已干燥，我借火发作
我用大半生，发经典知识学的火
发相对主义的火，也向后现代发火
发一夫一妻制从一而终的火
我甚至向鬼神发火，为把众多的火
先抛向公共性，再抛向旧事物
东西方哲学史又重读了一遍
一些病句扎在经典中，根基很深
箴言和警句中，有一些暗火从未熄灭
在中国，对付病句，必先对付火
水克火，最鲜活的水，克古老的火
为写出水的句子，我信口开河
但董仲舒说，五行在命，火必生土
火不及时发出来，病气淤积太重
一个人的身体中会产生许多污秽之土
过不了多久，就可能骨肉成泥

急火快要攻心之时,我告诉医生
我见过的病句,绝不少于急诊室的病人
病情,也远甚于当代医学之所知
我是语文教师,与病句打交道
如果我疯了,一定首先与病句相关

2015年3月21日

还有什么鸟没有喊叫

在森林，每天都听见各种鸟的叫声
大多数鸟爱叫，在森林上蹿下跳
它们，音质不好音色一般。叫声很高
怕寂寞的人，认为它们是好鸟
它们的喊叫，与身份或领土相关
或是为繁殖，提高性吸引力
也可能是没事干，日子过得太无聊
一些鸟觉得自己叫得很了不起
经常聚集在一起相互吹捧
砸一块石头过去，它们就一哄而散
这片森林里几乎什么鸟都有
每天都叽叽喳喳乱糟糟一片叫喊
一切争鸣，最后都变成扯淡
有一种鸟，它栖身在森林最幽深处
偶尔叫几声，声音如雾
它飞起来，也不会搞出很大风声
人们极少能看到它的身影
在森林，鸟的叫声已越来越嘈杂

林中的小屋,沉思者离去

这片森林里,几乎什么鸟都有

但叫凤凰的鸟,只是古老的传说

更多的鸟,正朝这片森林聚集

还有什么鸟没有喊叫

2015 年 4 月 3 日

比如

比如这个词,正散出魔法的气息
比如:你在许多年前关于建筑的梦中
为盖什么形式的房子与鲁班争执
只一抬手,锋利的斧头就砍了出去
许多年后,你想起那把斧头
它一定还在大师鲁班的门上
比如,你想取回砍在鲁班门上的斧头
鲁班门前,聚集着众多朝拜的弟子
对敌意的行为,你要料想在先
你想取回斧头,不为表达对大师的歉意
只是这斧头,由某个比喻而来
它比其他斧头更锋利,且具开辟风气
我说的事,都与比喻有关
比如:你突然相信,做木匠不如写作
大地上老生常谈的房子太多
这时代,太缺乏崭新句式。比如
你写出了以上这些句子,才觉得
与造房子相比,造句更难

大海(一)

——致 FD

大海,它被命名之初已暗示了岸。岸,制约它,也丈量它。人们依存在春暖花开的岸上,对大海的见识,只达到岸的高度。

我坐在海边,潮水正涌现。

一些古典的泥牛早已奔入大海了,果皮和文明的纸片漂浮在水面,一些无主体之声在浪花中突然绽开,一些生灵正准备联合起来,反抗人类主义,一些词语,必在黄昏前说出,此后,咒语之水将聚成波澜,送达每个人的岸。

火,一旦瓦解了冰山,大海就冲动,波浪会瞬间高过堤岸,这不仅是人的急难。一定有未开启之物,又将回撤到渊谷,某种东西,它内立于大海,还不能直接带入光亮之中。

敬重的目光,应直接投向大海之暗。

大海的故事,还从来没人创造性改写。

面朝大海的人,也只持守在岸上。

虚灵的大海,风气如梦。我想象这就是我骨

肉里的大海，含义自行繁殖的动荡的大海，才写出一些对岸不恭的句子，这是为那些尚未到场者争辩的斗争。

关于大海，我们知道了什么？大海的名，从水自身派生而出，另一种秩序，在命名中隐藏。

一切给予之物，都置放在游戏中，认领者必担当风险。

此刻，大海的声响送向更远处，倾斜的水面，风举起了波浪，我们看见了一只隐喻的船，它从不靠岸。

2013 年 5 月 10 日

大海(二)

坐在海边,我们倾听大海
一大批影子在水面摇晃
这是必须言说的大海
风行于水,波澜就涌动
像庞大的句群,拍打海岸
浪花,举到各自的高处
又一次次向下沉落
据说,大海擅长大叙事
也许,这只是个童话故事
大海是讲童话的高手
由于它幽深,由于它辽阔
一切事都可聚为一谈

一切事迟早会聚为一谈
为此我们对大海保持敬意
长江黄河,众多的河流
一边争执,一边泛滥
它们穿过遍布劳绩的土地

正带着泥沙，流入大海
大海，才拥有比喻的资本
我们置身在比喻之中
大海的叙述，语气不定
如潮水，也如运动
像台风，更像民间革命
似雾，就类似隐私
许多句子，含糊其辞
大海，将修辞术带入童话
比喻不当，就产生事件
听故事的人，也在事件中
大海，每天滔滔不绝
它嘴唇上已开败许多浪花
这是必须言说的大海
它有时会貌似平静
春暖花开，人们面朝大海
水面下是烂去的沉船

大海是讲童话的高手
坐在海边，我们凝视大海
它的隐私，深藏未露
游入大海寻找泥牛的人

上岸后吐出满口苦水
这故事,一定欠缺了什么
人们想了解童话的奥义
它的结局,还没虚构出来
大海,会继续讲下去
更多的人,将来到海边
满脸浪花,表情懵懂

2018 年 12 月 21 日

居所

火居于木
鸟居于飞
我以含义飘忽的物料，盖了今生今世的居所
一个人的风云，从唇齿间散布

光天化日，门或窗，又多了一些风的痕迹
这居所，可折叠，可翻盖，也可注解
门外，垃圾堆上的预言花，应时而开
过往的生灵，不闻不问，我坐在屋顶上
捏造飞，在天窗外，捏造一双不眠之眼

风吹草动的年代，我，极像影子的后裔
以我这个代词的名义，反抗人云亦云
并与将来者，在大地上友好争执

火居于木
鸟居于飞
我以含义飘忽的物料，盖了今生今世的居所

建筑的好手法，虚构了人的门户

人，你丈量的尺子，早已刻度模糊了

黑白黄，居于色，风居于鼓动

一切名，居于词，一些仍含苞未放

我与你，在镜花水月中追赶的人

居于比喻

2013 年 1 月 2 日

图书馆

图书馆是最大的鸟笼子

一大批象形的鸟

飞不出来

地下性

它馈赠在先
一如我们的名,从不透明
某种与物相似的东西不真不假
从未远离过我们的日子
它自身的地下性
暗示了另一种生活
人的身体,已欠缺虚灵气息
一如不恰当的拒绝
让短暂的人,折腾在回避的路上
物丈量命运,我们兜圈子
欲望的风声不止,人,相互追赶
从无认领它的准备
某种与物相似的东西
馈赠在先,它若去,又将来
它仍在,在欠缺之地
又近在身旁。在爱与怨恨
以及无聊以及飞的影像之中
在句子与句子之间

它自身的地下性,只可默会
惊讶,从地下性而来
人,在初生感觉中才新鲜起来
它,不真不假,从未远离
一如无枝无叶,觉醒之花
在地下性的最深处暗自生长
寂然之中,它芳香异常
或许,这馈赠,可滋养生命
安顿于大地

农业[从它的谱系中看见其他]

序

这么久了,被关在农业的梦中与影子同眠
我们的出口,要从词语中打开

一、布谷鸟

我们在布谷鸟的传说中
这是神农氏养育的不死之鸟
谁喜欢它,也喜欢农业

布谷鸟,农业的大巫师
它在树梢,在牛背,在天空
露出祖先一样关切的脸
布谷鸟在喊叫,它念念有词
一辈子与泥土打交道的人
头发白了,也常会在劳作中
被它突然的叫声惊吓

种田的事情,从来就急迫

庄稼要开出季节的花
但农业也寓意饱满
年长日久,劳作如梦游
在劳绩遍布的土地上
拖儿带女,又青黄不接
谁?守护劳作的荣耀
庄稼地上的神已匿迹而去
或许它只属于虚构
种田的人,仍在守望
水土不安,五谷要生长
大地上,关于粮食的争执
从未止息,布谷鸟
仍在朝我们大声喊叫
它舌尖上也裹着一团雾

二、农业的隐私

农业的名声从不透明
早期,谷物初生的农业
只像个未成年孩子
一定是饥饿的匿名者
剥开了她玉米般的身体
劳动起源于欲望

让她在高潮中不由自主

并领有生殖之名

种田人,农业的后裔

对农业史从不打听

如身世不明的儿女们

不打听母亲的隐私

三、农事片断

1

我们握紧在手的饭碗,至今也不曾换过

陈芝麻烂谷子的味道,仍让人着迷

2

农业只反对两个人,一个人五谷不分

另一个人,想象力高过了炊烟

3

我们对新的农作物好奇在心

一定有谷物暗地里生长

它们被关在咒语中还没露出

4

种瓜得豆这种事,出自早期的魔法

许多人认为这是农业史开自己的玩笑

5

人们说,农业应有自己的高度

高粱,农业中最高的事物

它长得再高一些,比炊烟更高

也不是接近天命的梯子

6

种庄稼的故事,老生常谈

农事,不只是耕地播种、施肥除草

我出生在中国土壤贫瘠之地

爷爷说,这是种地人的命

一块地,种什么庄稼,首先看土壤

为改造这土壤,为农业的故事

寻找新的叙述方式,我放下农书

坐在空空荡的打谷场上

写捕风捉影的句子

7

劳动的意思,大于劳动节的意义

就像好的庄稼,总喜欢节外生枝

8

在农业,我交了桃花运

我梦见村前庄稼地中

一个古老的幽灵

与我在月光下学习偷情

默契如蝴蝶与花

9

农业的面相,影响所有的种田人

种田人的命相中,有农业的风水

四、在路上

在农业的下午向黄昏一路奔走

身后是不停追赶的影子

乡村的路,上午凸起下午就凹下去

如何更快到达炊烟升起之地

高粱地的火把,正在被秋风吹灭

白发如雪,迎面扑在我脸上

我还要穿过前面长满杂草的旧坟岗

一定会遇见他妈的鬼神

五、劳动节

劳动节,我向成长中的庄稼致敬

五谷不分的狂欢者,令我鄙弃

六、农作物注解

农业应是差异中的农业,谷物,也会在差异中持守物性

水稻:无米之炊的年代,在巧妇的葬礼上,我们会再次想起它

小麦:青春期就露出了冲动的锋芒,成为面粉后却反对一切独立姿态

马铃薯:马儿已不知所去。马铃薯模仿马铃,一辈子沉默不响

棉花:世界上最温暖的花,给予劳作者,抵御寒冷的冬天

高粱:将火红的穗高高挂起,以高为荣,它高不过天意

向日葵:身份嫌疑的理想主义者,在农业的黑夜中保持诗意

胡萝卜:与人参的形式混淆,许多人因此喜欢它

芝麻:黑芝麻,开白花。黑或白,农业里的二元对称之物

玉米:剥光它的衣裳,你才看见了真相。集体主义的排列,整齐划一的秩序,人们习以为常

黄豆:黄皮肤,刀状,像暗器,习惯于黑暗,内

容苍白

还魂草:失魂者喜欢它,一切阴湿之地,皆可生长

花生:以八字为摇篮,在事物的根部生长,人们极少领会它的寓意

红辣椒:天生异相,没有温顺气息,符合革命家口味

七、河流

农业史这条大河
是白纸黑字的大河
两岸的人,句子里出生
从小就练习造句
劳动的故事,情节错乱
字与词,结着霉斑
柴米油盐的句子之后
从肉体开始炼金
儿女情长,又不由自主

农业史的大河
白纸黑字,水声回响
每次暗流从河底涌动

一些浑浊的浪花
就会激荡着举出水面
没人能天才预知它
出自哪一处裂隙

白纸黑字的大河
它什么时候会改变流向
人们在两岸倾听
远处,堤岸已进入黄昏
农业史这条大河
是正在书写的大河
一定有某个句子
先于我们的书写
它隐匿着整个农业
最初的含义

八、谁是庄子

我坐在南华山下一块白石头上,听今日农业之风声
一个过路的人,打听庄子是谁

谁是庄子?我只认识两个酷似庄子的人

第一个人，出生在中国黄梅天，表情如雾

从小读书，长大出门与人争辩

“彼窃钩者诛，窃国者为诸侯，诸侯之门而仁义存焉”

“曲士不可以语于道者，束于教也”

不识时务乎？这人河南口音，词语锋利

这人酷似庄子，圣人弟子，指责他不明仁义

这人编完草鞋，就下地干活

或在门前空地上，打坐冥想

练弃知和坐忘的功夫，看见从田间晚归的妻儿

才想起一日三餐的炊烟

这个人可能是庄子

我在农业中想到乌有之乡，远行的路上

看见了第二个酷似庄子的人

我看见他之前，他已种出满地好庄稼

这人的胡髯，像草书中应风摇弋的长线条

我问他今日之农业，离乌有之乡还有多远

这个像庄子的人，长着一双蝴蝶的眼

在山坡下油菜花地练习睡眠

他笑而不答，且呼吸如风，我认为

这个人就是庄子

九、农业白皮书

我在白的对立面看白皮书
白这个词，强词夺理
大意是，因为白，所以白
我不明白白皮书的白
把白皮书挂在农业的风口上
白这个词，摇摆不定
与麦面、大米、棉花相比
白皮书的皮，远不够白
白的事物，雾气回转
白这个词，反对对立面
因为白，所以白吗
劳动的真相，从没有大白
从白开始，白手起家
我们劳作，开荒种地
为了不再一穷二白
白日梦的白令人不安
我在白的对立面看白皮书
不明白白皮书的白

十、致布谷鸟书

布谷鸟，这土地也许果真还欠缺劳绩
有时，你的叫喊声，类同哀歌
在农业，种庄稼的人，比庄稼成长更慢
人们习惯用饥饿来解释粮食的意义
只为吃饱饭，一辈子劳作
布谷鸟，你还从没为此发出惊讶叫喊
布谷！布谷！布谷！重回田野
劳作，不仅是为采菊东篱的田园诗意
农业广大，它要在操心中展开
还别有深意，布谷鸟，你受命而鸣
我将你急迫的叫喊，译成短句
一切谷物的生长，都深藏着启示

2011 年 2 月 3 日

书写 T

睡眠中的野莲花,又开了一次
一群水蝴蝶围在我身旁

我从水上出走,纸灯灭了
潮水就会灌满这个夜

睡眠中的野莲花,又开了一次
与水默会,我从水上出走
今晚一切还好

2008 年 6 月 15 日

两个人

我喜欢的女人又聋又哑

靠打手势我们相爱多年

2008 年 4 月 16 日

语文

那人说,日落。正借用纸人的时光
到夜晚。人们在比喻中各奔东西

总有什么早已刻骨了
语文中比周公更早的事,我有所耳闻
那个开口在先的人,词语锋利
但句子,隐匿了开端

我们也借用了纸人的时光
在比喻中各奔东西的人
此刻一定和纸人相关。这座城
大部分人在学习修辞技术
纸人的后代,正在写书
窗外,城墙高大,藤蔓悬挂
革命的鸟,从民国飞过来
一转眼又返回了宋朝

一大批人在书本中骑马疾飞

这种马就要穿过桃花地
四月在草图上,有人问我好
我不自恋,但远不够好
一定有更多的问句
还在语文中含苞未放
这座城,大街小巷,无人惊讶
人们靠大批形容词活下去
看上去一切如常

那人说,语文的好姿态与句子有关
天才的门前,经常空无一物
词放开在风中,才听见天命回荡

我们在语文中学习造句
饥饿啦,大米的句子错过了季节
寒冷啦,剪刀的句子等待布匹
我们。读书、写作、交谈
写出关于钟的句子,挂在广场上
上午快了一秒
下午慢了一生

那么,睡眠丈量生活是一把好尺

它刻度磨损后,死神更喜爱

那人说,这是纸人看管已久的城
它城门紧闭,日落正借用纸人的时光
夜晚,我们想一想语文的事
人,不同朝代的人,君子或小人
就昙花一样从句子里落了下来

2008 年 4 月 11 日

多边形的房子

这是纸人居住的房子
意念的门窗鲜亮

它关上。几何的花蕊
又折叠了空间

剥离了泥土和金属
一副空洞的样子

敞开多边形的面与面
它有冥想的光芒

屋顶入眠的鸟睡眼饱满
句子的梯子挂在风中

2009 年 5 月 15 日

风马牛

这个人骑着风马牛一路奔跑
打听野火烧过的草原

这个人骑着风马牛一路奔跑
牛头上开始挂起马面

这个人骑着风马牛一路奔跑
风在先。马牛想象着草

这个人骑着风马牛一路奔跑
以名词的身份相依为命

2009 年 7 月 15 日

瓦拉纳西印象

我和瓦拉纳西大街上静卧的牛
相互打量了一下。行人赤足走过
风吹起长衣,色块宽大
店铺中一些器皿上的图案
据说与神意相关。老人和孩子
闲坐在青石的街道旁
没有人说话。曼陀罗花
在黄昏的红屋顶上又开了一次
一些鸟儿在上面入眠
对岸,石梯从山头挂向恒河边
河水朝时间的尽头流去
火葬的队伍,从容聚集在一起
我在看,覆盖着水面的
火焰里,有没有天真的部分
突然闪耀出来

2011 年 10 月 8 日

牛马

岁月的鞭子
落向牛头马面
农业的牛马
对比喻没兴趣
它们坚持
吃草的习惯

看图识字

我们的日子
如字。如词。

这是看图识字的年代，逗留在字与词中，语文的孩子们，我们已敬意在先了吗？如世间无一物真正大白于天下，这是游戏的秘密，字与词，回转到它们自身的隐秘之前，仍将如其所如。字与词，这从语言中给出的象形之身，聚集在句子中，从无确定不变的姿态，它们暗示了什么？

每一种刀耕火种的地方，字与词都已经抵达，它已进入了器皿、帝王之门、国书、碑刻、朝代的脸谱，进入了经典中还未注释的部分。字与词，它们一边飞，一边出入广场、胡同、作为共同体的动物园、墙与岁月的面具，它也出入于学问和红冠鹦鹉粉红的舌尖，字与词所到之处，大批从床上拼贴的人形，摇摆在灰暗的街巷中。从肉身与谷物，梦见蝴蝶或面朝大海，人乎其人的争执中，字与词，回转到它们自身的隐秘之前,已飞过了公众的尺度,国家与意义的门槛上,也有它铭刻的印记。

但我们尚在思与想的生发之中,如何能闭目安顿于已刻写之印记而无今生为人的愧意呢?看图识字,一些被囚禁的字与词,不安于森严的斯文扫地的句式,不安于无想象的流俗的造句,字与词,也流露出了恻隐的气息,或一字多音,或一词多义,它尚未绽开,物象中迷惑的人意,也还有待它一一收拾。恻隐之中,字与词,也粘上了被制度掏空的骨肉里那些道德的血。书写的事实已公布在外,我们却从无刻骨的疼痛。或许,总有某些句子已被遗忘,从早期的图案到象形的民族,一切表意的梦想,早期先贤们的低语,都被关在时间转动的圈套中。莫非,这从馈赠而来的鲜活的字与词,象征了自身,又不为人知。

空穴响亮,这无地域可指称的幽深的空穴,为每一个身份不明者的在场者响亮起来了。我们再次听到了风言风语,那么好听的风言风语,它依然保持着早期遣送的力量,从来没有人会心地将它们把握在手。那么好听的风言风语穿过了肉身,直接吹过了钟表店门前的落花和流水。字与词何为？人们只是看见了字与词在大地上飘移的影像，便以它们去反复比喻其他的东西，成为教育中已被普及的修辞，成为今日之语文。

语文的孩子，看图识字，我们在象形的世界踏上各正性命的道路了吗？只有别开生面的句子，才可在此有所担当。字与词的图谱欠缺已久了，在目光早已折断之处，这寄生于器皿的争执不会止息。接受了字与词的关怀，我们才略有所知，每一种可被打量的微小之事物，也持守着与生俱来的内敛的光芒，舍此便不复存在，最诗意的言说，也只是可供默会的喻示。鱼与水之间，鸟与天空之间，因与果之间，句子与句子之间，在一切显现者与未显现者之间，有某物存在，它早已邀约着我们，又绝不直接裸身在尘埃里，也许，它向来就不在庸常比喻的杂耍之中，至今，它仍是字与词中最寂然的部分。

字与词，我们正在过如字如词的生活。

看图识字的人，开口说话，或止于冥想。

2010年1月1日

十月二日

十月二日的人正拖儿带女
围在一起吃十月一日的剩饭

我坐在靠近十月三日的地方
看十月二日最后的月光

十月二日边界上有一条岔道
有人已从这里去向别处

我走在靠近十月三日的地方
一个人种瓜一个人得豆

十月三日住着一大批人面鸟
它们打量我,目光好奇

2008 年 10 月 2 日

纸人

血肉烂成了泥土
剩下的是文章
纸人站在高处
目光空阔
我们的敬意
是镜子上的灰
越堆越高
纸人站在高处
汉语早期的冷
锋利得像一种命
每天都刻骨

青蚕

靠驯养长大，文字里小心蠕动的
一批又一批青蚕，吐出中国的丝

佛教徒

寺庙是深山中
最喧嚣之地
信徒们决心用香火
烧完今生今世
寺庙的钟声
每天敲给他们听
佛在睡眠这个词里
多么寂静

青梅竹马

民歌里的竹马
离开乡村
向城市奔跑
马蹄太快
一不小心
就踏死了青梅

对称

叶子对称的草，都是济世之药
在汉语里煎出一团烟

叶子对称的草，都是济世之药
喝下去满嘴书生意气

译文节选 A

时光的入口早已闭合了，大面积的黑中，能听见睡眠花开的声响。

不可从遣送中回返的人，逗留在朝向自身的追问之路上。人，你的名字里面有一个折叠着的空间，有某种东西还没有被认领，它影子在外，与物并论。

喻示之树又开始分杈了，没有人知道它从出于植物学的哪一部分，谁看见了它果实深藏的枝干了？物与器皿，截止了打量的目光，于此，词语，也仅是一路上为它在日光中卷曲的花瓣，它们会再次落在婴孩们的手上。

[这些微小的复制的人，正从生殖的镜子里出场。]

摇篮的含义，隐匿在它最初编织的形式里。每个新鲜的肉体都寄生其中，并在此仪式中刻上了入死的标识。此一事实已直观可察，一切生命概莫能外。

死是什么意思呢？一切应答，都有可怜兮兮

的悼词的气息。

那么，由欲望而出的尘埃已在大地上落定了？

不！这样的尘埃还不够吧，它也还不具有极端无余的姿态，世界，还没有被它如实地充满，欲望的尘埃，是现实之为现实的明证之物，它不会落定。据说，这些在大地上以自身为尺度的人，已靠欲望为它的生命重新筑了基。这个未完成的世界，凡人迹所至之地，欲望的源泉从不枯竭，此为历史，此为生活。

让欲望的尘埃落下时也有铺设道路之称誉吗？

人乎其人的年代，一定有默会在先又保持了直观力的行者，看见了行将朽坏的骨肉里，还有一只匿名之鸟，它至今也飞不出去，并惊异于它与早先所闻涅槃之故事，有从未显明的可一并在尘埃中解读的关系。这已是成长的隐私了。

默会在先，又保持了直观力的行者，身份也漂移在人乎其人的年代，逗留在诗句的暗示中，才了然生命在这个器皿堆积的世界，也仅限于一场如飞之练习。

人乎其人的年代遮蔽了物性，人也在为物所蔽的路上。泥沙俱下的日子，一切蔽，尽皆归藏于当前之蔽。游走于人欲夺物之世，以物自蔽的情状已日日盛大。

每个人都在物象中出生入死，早期的命名中已预设了众多冥想之门。

此门不开，你日日所见者，也仍将在方寸和长短的目光中以形自限。每一形制之器物，也各自担当了存在之妙，而物性并未昭然，领受者，必先放弃紧握在手的丈量之尺。人持守于物，物之溃散与腐败，乃物性所致，并非时间之限定，物，在给予与被给予中，也还是有待开启之物。

每个人都在物象中出生入死，早期的命名中已预设了众多冥想之门。这是馈赠在先的门，打开它，游戏的深渊中才有天命的回响。

这个世界迄今还不可完成。它遗忘了自身的谜底，又从欠缺处透露了可能的光芒。一念转换的人，或可与此光芒相荡。可被期许之人，首先认领的是人自身含苞未放的事实，这个事实，仍还预示着人可能以作品的身份响亮起来，人的意义，出自对深渊的不凡解读，人在此迫切中。反之，人就是世界的深渊。

2011年8月14日

译文节选 B

所见这虫鸟人鱼的生活世界，乃逼仄之域，这逼仄之于我们的日子，它已首先告示了在场者呼吸方式的窘迫，时空中尚未可见者，它们居有之维度仍无开启之迹象。

在此逼仄之域自正性命者，也许能看破这知与识的禁区虚拟已久，倾向于意念初出的那个匪夷之地，我们要承担的已不仅是比附的风险，一切关乎现象的言说，俱已指向了另一开端，它要求某些可见之物的废止，也为折叠在时空中的陌生者的出场，吁请着在场者的让渡。这意外发生之事，尤甚于河图与洛书给出的预示，尤甚于神农氏的后裔在大地上刻苦之劳作，尤甚于持戒的和尚骑马追赶早已远去的钟声。尤甚于日常的巷议或井市之传说，尤甚于一大批识字者在纸上玩造句的把戏。是的，我们承担的已不仅是比附的风险。

这几乎是不可克服的风险，觉察了也仍有克服它的众多艰辛，于是，由思之发韧而来，能无畏于俗见挺身在场者，或已在命运的召唤中如履薄冰。

此际，我有一种特别的敬重献给谁呢？它既不能为众神准备，也不可献给当前之人。

众神不可接受它，神的不匹配在于它们至今仍不能直面人的在场，而它们在流行的逃逸的故事里已满足了虚荣。莫非，神与人都不安地隐瞒了相互畏惧的事实，此一敬重之特别，它的含义在可见者与不可见者相关之地才可释读，而当前之人，满口乳臭便人乎其人了，也绝无领受这一敬重的资格。相应于这种特别的敬重，资格之为资格，只当人与神甘于废弃各自确认在先的身份才可拥有。人敢于一试乎？人，可回返到命名时便原初给出的代名词的含义中去吗？

这敬重在对众神与当前之人的质疑中显露，它并非是出自生活世界的某个臆语，它已在现象的裂隙中显出微光。

愿在大地上把语文的牢底坐穿的人，这逼仄的又刻意隐藏了它自身的世界，一定有未被言说也向来未被默会者，它又避开了众人的目光。我们似乎已听到了一点风声。

它透露的风声，也仅限于密读。

所见生活世界之逼仄，乃肇始于人之逼仄。

人这一受命在身的生物，已不思担当，在弃命的途中手舞足蹈，给予在先的东西已被慢待了，所谓他者，也不过是欲望的对象。人之逼仄，至今仍未见有效干预的力量，人，逼仄于对已经前置的人的名词之无所克制的冒用，而人的本己性，却还裹在人这个代名词原初的含义里。由此去看，人的身份是以一堆杂念涂抹出来的，人的身份的不可靠又胁迫了相遇之物，但是，人乎其人啦！

那么，谁是纠缠在一日三餐中的那个我？又或谁是假想着由共同而至共通的我们？

无索取的应答，必先有给出本己并照耀事物的关切。

人的生活，已是朝向人自身直接逼问的生活了，积重而知返，惊异与欣喜的心情可由此逼问而生，而应答，是将此前由欲望而来的占有先行剥离掉，每一种应答的可能，就是人在谜语中重新成长的可能。

我们不也是可以把语文的牢底坐穿的人吗？应答的可能也是生活的可能，它还没有在话语中完全断送。

此刻，业绩匮乏的生活中，人还在自己勾引自己。先知们喂养的意义之鸟，它折断了双翅已无处栖身了。此刻,一个人的孤独是不可妄言的,"纸人儿纸人儿纸人儿,你们都是我的孩子",现象的途中,也要献出气血荡漾的肉身。

此刻,时间不真不假。

此刻,与在现象的细微处学会倾听与思者打交道,才算是幸运的。与孤单在绝无仅有处者打交道,才算是幸运的,此刻,与受浴于初放之光照从旧俗中抽身而出者打交道,才算是幸运的,此刻,与朝向闭合着的本真地带无迟疑的依皈者打交道,才算是幸运的。此刻,与那个事实上已说破了人与神都虚名在外者打交道,才算是幸运的。

风声正起,所见这虫鸟人鱼的生活世界,有它在风声中可焕然开启的维度。

可能性大于现实性,正是一句开人心窍的咒语,密读它,打开生命的褶皱,可见者与尚未可见者,不暧昧也不对峙之时,让引伸与归藏,也在相宜相应中。

风声正起,事物各具不一禀赋,由差异而生发不已。世间一切事物的生发或消解,都转换在多元的差异中。立命于风的人,在风言风语中,从物象相应流转的样式中再次披露了自身变革的根据,从此,我们上路,但再无非此即彼的确切之路可以往返不变。

我们果真已听到风声了吗?

2011年8月21日

譬如

我在教科书上找到譬如这个词之后
就看见了许多汉语的空蛋壳

又一批小鸟从纸糊的窗口飞出去了
它们追赶在一根羽毛的后面

2008 年 9 月 15 日

长短句

写一个转换不止的长句子让人们去时间中追赶
不同的理解,会改变批评的脚步

我也写过劈头盖脸的短句:“你已被比喻在先”
围着它,有人抱着书本兜游戏的圈子

2009 年 11 月 11 日

一个句子与一群句子

从小,父辈反复告诫
莫谈国事,这句子流传已久
在汉语,我们读过许多
镜花水月的句子,一些句子
已成经典,中国文人们
大都擅长玩主语飘移
这个国家,是句子的国家
它句群庞大,欠缺新的句式
大部分句子正在溃烂
有些句子,至今仍未说出
一个有待改写的文本
急迫中,也需出众的才华
句子之事,不止于修辞
汉语的天命在于言说
我们谈莫谈国事这个句子
是由于这个旧句子
它本身就是国家大事中
最大的事

我们对占卜学只略知一二

六十四卦的中国，五行欠缺什么
历史学嫁给占卜学的年代
从甲骨文到现代汉语
我们对占卜学只略知一二
我们略知一：命运未卜的人民
神农氏的后裔，在六爻中劳作
种出庄稼前，先种蓍草
这习俗是早期巫术的仪式
我们略知二：潜龙在田的商代
中国的土地忽阴忽阳
蓍草越长越高，高过美人妲己
占卜大师文王，用几根蓍草
占卜出天子，去朝歌杀死了商王
人民，在黄河边洗过手
围绕祭祀台，喝改朝换代的酒
天子喝出天意，而人民
一喝就醉醺醺，举起镰刀锄头
去《诗经》中歌唱，一代代人唱下去

成为经典，风气流传

孔子唱过后，士大夫唱

我们也唱，满嘴卦爻辞气息

历史学嫁给占卜学的年代

从甲骨文到现代汉语

故土旧邦，六十四卦的中国

蓍草，又开出了白花

如今，中国，你已占到哪一卦

会不会有新鲜的好庄稼

为劳作的人，在《易经》中生长

我们对占卜学只略知一二

甲骨文幽深，仍有许多句子

不为人知，古老而奇诡

一直沉默

2019年1月3日

比喻

从《诗经》到现代汉语
一切事件都与比喻相关
人们劳作于言说
象形之物,还没成熟
它们开比喻之花
这是比喻成群的国家
文王孔子以及老庄
都是比喻的大师
水月之后,镜花鲜亮
各种年代的比喻
在家族性中大量繁殖
大批句子出现错乱
革命,也依靠修辞术
改朝换代,离不开比喻
至多是以往的比喻
一次暗藏权力的转喻
到民国,比喻的事
成为一场虚拟的运动

不安于旧句式的人

从比喻中逃逸,才发现

比喻是一种囚笼

每一个著名的比喻

是更大的囚笼

历史是一部比喻史

打开它,天才的比喻

它散尽虚构的光芒

仍是一种囚笼

从古汉语到白话文

一切事件都与比喻相关

还会有更多比喻

加入虚拟成风的日子

这些谈比喻的句子

也绝不例外

2019 年 1 月 7 日

打听一个神

尘埃落定前
去打听一个神
纸马在先,纸人
也勒不住它

一匹反对的马
在折叠的纸上

这是为什么
是马的马

一匹纸马在疾飞
疾飞如一匹纸马

反对回头草
反对回头草
反对回头草

一团潦草的
纸马,繁体字
也勒不住它

这是为什么是马的马
看不见结果的马
原因,也勒不住它
一路上反对
正反两面。反对
儿女情长的纸人
骑在纸马上

这是为什么
是马的马

尘埃落定之前
纸马在先
打听一个神
去只字未提的地方

2008 年 7 月 5 日

谱系树

这个人想爬到这棵谱系树的顶端去
看它还剩下哪些没有开败的花瓣

每一次他几乎都接近了最后的高度
又从节外所生的枝干上掉了下来

2010 年 6 月 9 日

种田

我有一片《诗经》年代遗留的土地
种不出好粮食,羞耻不已
一辈子以种田为本
劳作的灵感,产生于饥饿
布谷,布谷呀!布谷鸟在喊叫
如咒语,我敬重又好奇
饥饿症候不明,它经常发作
饥饿,是一场隐喻的病吗
我已被这饥饿折腾了许多年
靠想象力,才活到今天
布谷呀!布谷是太古典的说法
我播出种子,见风开花
分行的庄稼,在不同句式中
靠才气生长,成熟之前
像水稻、像玉米、像花生
像它。不伦不类。这庄稼
形态不一,又节外生枝
各求所是,花样翻新

我算是干了件对得起农业的事
由此,才获得一点满足
以种田为本,种田是行为艺术
种田的才华与方式相关
在经典农业史中兜圈子的人
不拔掉田里的还魂草
就种不出临风生发的好庄稼
我与父辈的想法不同
种田的秘密,不止于面朝黄土
要担得起装疯卖傻的风险
你想要得瓜
就认真种豆
在中国,这种话类似扯淡
作为经验,它刻骨多年
此外,种田人要有所不种
一些人喜欢种向日葵
五行缺水的日子
它们被大面积晒死在田里
布谷鸟叫喊如钟声
布谷啊,这是什么意思呢
我有一片《诗经》年代遗留的土地
靠地下河保持它的湿度

总有意外之物正破土生发
许多人对此疑惑不解
坏天气中,我玩种庄稼的游戏
劳作的灵感,仍与饥饿相关
饥饿,是一场隐喻的病吗
种田的安慰,在于想入非非
我在黑白不明的睡眠花中
说农业的梦话

大白天做梦以及像这个词

大白天做梦
像一场起义,脑门上冒出革命的云
像钟表店失火,烧焦了时间的脸
我们闯进去也只是引火烧身
像后现代的马,在首都的大街上与交警兜圈子
像一次事故消灭了现场,肇事者已隐名埋姓
像影子,从镜子里出发去寻找它的身世
像一场包围风马牛的演习
像大水漫过家园的屋顶,上面漂满了落花
像一堆炼金的石头沉入大海
像故乡的天窗一片漆黑
像私下去兑现某个秘密的承诺
像繁殖。像拆迁。像开端
大白天做梦,如我写诗
句子追赶着句子,大庭广众前移步换影
一部分反对今生,一部分讨厌前世
一部分剥离另一部分
像一次又一次的劫狱,把骨肉里压迫的想象力

从坏世界中解放出来

大白天我们活得不开心,以梦为巢

天命之鸟,飞一飞又回到这里

像乌托邦。像青春期一堆图像的狂欢

像水月照耀镜中之花

大白天做梦,什么也不像了

才算过上了好日子

2011 年 3 月 29 日

圆与数

一个梦，诱惑我完成它，我从这个圆中最微小的点
如风似影，穿越数的藩篱，朝它的边界奔跑
这相当于逃逸的练习，这个梦终结之前，必须到达圆周
空荡的圆周上，人呢？炊烟不起，也无技术的灯光
只有一个梦的灵晕在闪动，我与圆周率一起自在奔跑
圆周率你好！我酷似虚构，此刻，我来自梦
我像一个拒绝循环的无理数，由于我更像个虚数
比无理数跑得更快

这是一个突兀之圆，圆之为圆，从寂然中突兀而出
我开口谈它，它就突兀于词，它的影子
形而上下，在句子里旋转，产生大批几何的

晕圈

词语说，这个兜圈子的圆，数，从内部掌握它
这个圆中的山石河流，花木或飞鸟虫鱼，凡可名之物
都诞生于数字三，而人，诞生于词语
这类事，远早于河图洛书，我时疑时信，疑大于信
《史记》，谈三皇五帝，天子文王，对此不置一词
我也只略知一二

我略知一：这个圆出现之初，几何的领土就交给了数
有理数，以循环力规训了这个圆，钟表模仿它
一圈又一圈不停打转，这钟表，很像个傻子
它就出自数的谱系，有理数，露出了一张金属的圆脸
我略知二：一代又一代人，钟表一样兜圈子
古老的眩晕症，产生于数，又巩固了数学制度

劳作于这个圆，我开荒种地，也种睡眠花
我也劳作于句子，这个圆中，一定有某个不名

之地

进入它，可以白手起家，一定有某种句子

独立于数，它陌异于各种经典，也不是数的宿敌

我准备写出它，在这类句子里安身立命

比如，从飞这个词，我发现了弧形中一群布谷鸟

这些神农氏的后裔，急迫于飞，放弃了高度

才贴近大地，布谷鸟飞入农业，为饥饿者鸣叫

从我写出的句子里产生回声

一个短暂的人，在这个圆中给予什么

艺术，礼节不足，它从几何中绽出，才略有微光

我劳作的身体，也是作品，为了图文并茂

我评论几何图像，对旧句子不恭，才脱口成云

不及物，有形式主义嫌疑，得罪了现实主义

在几何，大众图像，每天都普及，不知平庸之恶

几何，赋形于锅碗瓢铲、纸与镜，也赋形于国家公器

与三角形、方形这类日用的图形相比

一些抽象图形，不成方圆，属于几何中反骨性图形
像当代艺术某些作品，反主流，冲击了视觉史
它们，与我彼此暗示，反对图像之罪

这个圆昏昏沉沉，当代的圆，仍昏昏沉沉
圆与数，已成为我的黑神话，每时每刻，数也规训我
一切数，都玄秘于数理，数理，又玄秘于这个圆中
一切生长之物，这像一种牌局，数理的底牌
它掌握在谁的手中呢？为此，我玩文本学游戏
写一些酷似无理取闹的句子，一些不真不假的句子
数学天才不一定看懂，但数的政治学纠缠我
为了计算每一天，整整齐齐，许多人站在有理数一边
我的青春期，在有理数和无理数之间，摇摆不定
从几何编年史进入它的故事，我才节外生枝
与这个圆中各种几何流派，争执有理数的正

当性

之后，从钟表中找出中年，我在复数中隐居

隐居在一个微小的点上，相对主义从复数中产生后

我也不喜欢它，五一劳动节，大批数字附体的人

献身于数，在广场上狂欢，歌唱劳动的意义

而我，悬置了一切理，这不仅是由于我像怀疑柏拉图

怀疑有理数，我也怀疑这个名叫路东的人

大白天，天气灰暗，绝无一种事大白于天下

这个圆的天气，几何的天气，就是有理数的天气

气象学的数学公式，推不出有理数的乌云

而卦像中出现的数，或阴或阳，大多数年代风向不明

以数来谈，我假想的晴天，三分之二被霹雳成碎片

大雨，像一种乘法运动，会突然下得猛烈

从这个圆中心的高度往下落，它起初是点，之后是线

落入民间生活，聚集成面，成为大面积泛滥的水

这个圆习惯性下雨，一个朝代落向另一个朝代

我就住在乌托邦的江河旁，我逃逸，要在决堤之前

在圆与数，劳作于句子，如今我已语焉不详

最近，我从一堆数字中看见自我，它已是一笔烂账

一个梦，诱惑我完成它，我一定要如风似影

朝闪着灵晕的圆周奔跑，在圆周，自在奔跑吧

圆周率你好！人呢？此刻，我像一个拒绝循环的无理数

由于我更像个虚数，比无理数跑得更快

只有一种事可与黑洞相比

光芒照不亮它
它就在一切白之中存在
黑洞,不仅仅黑
它如其所如,幽且玄
只有一种事,可与它相比
死亡,就像个黑洞
我们打不开它,向死而在
类似向黑洞而在
黑洞,它不仅仅黑
它就在一切白之中存在
光芒照不亮它
空间广大,人冥顽于科学
也冥顽于天下一定大白
黑洞,它不仅仅黑
它就在一切白之中存在
如其所如,幽且玄
只有一种事,可与它相比
死亡,也只是个比喻

这黑洞,不可洞穿

在一切白之中,如其所如

靠近,就是一种禁忌

它会将科学追赶的物体

撕成碎片,撕成一堆原子

也撕碎一切靠近的词语

包括上帝

台风

——给 JH

从气象学看,台风就要来了
海面正在上升,浪花饱满
大海,在它的幽深处开始发轫
有意念力,向水面旋动
如某个灵知的句子,进入联想
召唤一切可能之词,聚集,联合
成为庞大的句群,句式鲜活
它们涡旋推动,语义未明
我猜度,这是大海就要举起波澜
创造台风的预兆,这相当于说
台风,诞生于语文的玄秘
而大海,以作品自喻,远未完成
好作品不守常态,嫌疑在身
这日子沉闷,幽灵草长满城墙
大街小巷,不见风言风语
过问大地,台风,是最好的馈赠
当台风眼睁开,满城骤雨

暴风,奔向每个沉默的胡同
台风之手,拍打森严之门
从旧树林中,拔出它烂朽的根
这种极端叙事,由台风完成
此刻,卷层云已从天空降低高度
它的事件性,只露出了端倪
这台风,仍是气象学之谜
许多人诅咒台风,非议大海
不和解的台风,是大海的疯癫
误读,已成批评的风气
但从没人说,这是长期以来
台风的品质,在公共修辞学中
联想不当造成的后果

古铜镜

我有一面古铜镜，最近，我再次擦亮它
镜子里，有许多商周年代的影子
这些影子，《诗经》和《史记》中看不到
比如，周文王与巫师姜子牙，一胖一瘦
在殷商耳语之后，手持开白花的蓍草
以《易经》中的一阴一阳，推演革卦
为家天下，绘制草图捏造天子留下的影子
当然，也有商纣王在朝歌自焚的影子
之后，西周撰写《诗经·大雅·荡》广泛发布
帝辛死后，便成了沉迷酒色的暴君
（以后，每个朝代崩溃，也都如法炮制）
其实，这铜镜幽深，其中还有
为天子之名，周武王对胞兄弟杀戮之前
在镐京设计诬陷方案的影子
它们一旦还原，孔子对周礼的称颂
会与事实不符，或有虚构之嫌
我拥有一面古铜镜，它是出土的灵物
在汉语，历史或许早已成为影子史

这些影子,藏之于铜镜,许多天子死了
影子不死,作为秘密档案,涉及内幕
至少,可拼贴出一幅商周隐私图
暴露天子身份的可疑,历史,不可私藏
这镜子中,甲骨文影子仍在飘移
我准备将这些影子,馈赠给中国历史学
这古镜,我决定,将它与公民之镜
悬挂在广场,或明暗不定之地
它们,会以镜子的方式,成为当代生活
重要的部分

翻墙

这是一道很高的墙
石缝中长着断肠草,看到它
我就想翻墙,这主要是由于
在墙的另一面,你仍是个传说
我想象过你,像镜中之影
想象那个将它投入镜中的人
这是一道很高的墙
想象是我的梯子,句子的梯子
每次爬到高处,快接近墙顶
就满手是雾,又从梯子跌落下来
这一类想象,才华不足
其中的比喻,必有不当之处
首先与想象的方式相关
最近,我又听见了墙外的风声
继续想象你,有虚构之嫌
在墙的另一面,你仍是个传说
而我,像关在墙内的红杏
每天都有出墙的冲动

忧伤

一个人的忧伤,不会像成群落花
流行在集体主义的水面
它零零碎碎,出现在某些点和线上
一个劳作的人,种瓜得豆
咬紧牙关,只是忧伤的日常形式
忧伤太久了,抑郁症发作
每一种忧伤,都有更深的缘由
病历上的诊断,不一定说清病因
忧伤处方上的象形汉字
起初像本草,之后就成了纲目
这种事,也会产生忧伤
有一些忧伤,我至今还说不出来
它属于某种隐私

几匹马

最近,你时常想到马,总觉得有几匹马
无中生有之马,已跑过你的大半生
第一匹马,红马,是从英语中翻译过来的
它被直接翻译到一盘残局中
追随这匹马,差一点,你跑到了悬崖
由于水土不服,这匹马已成汉语中的病马
但它的影子,至今若隐若现
第二匹马,是一匹杂色之马,它马眼迷离
鬃毛披身,但身体的结构,不太具体
它从新句式里产生,反对一切驭手
驯马手册说,桀骜不驯的马,绝不是好马
这匹马,不合共识,非主题奔跑
形式主义的马蹄,或东或西,越跑越抽象
你觉得第三匹马,在第二匹马之前
已显露出古老的面相,猜想它是河图之马
也是庄子骑过的马,它大白天睡眠
类似黑马,月黑风高,一旦你挂出了马灯
它就面朝一片虚无嘶鸣,马齿明亮

这些马,天生有寓言品质,你只略知习性

最近,时常想到马,一定有几匹马

无中生有的马,已跑过你的大半生

其中有一匹白马,公孙龙之前它就存在

白马可能不是马,可能只是一种白

白马疾飞时,它很白,如白茫茫的风

比白日梦更白

一滴水正在往下落

一滴水正在往下落
它是不是那滴无源之水
一滴水往下落时
我正从一道裂隙往下沉
下面是一片空寂
一滴水正在往下落
我就在一滴水的下面
看见一滴水内部的光芒
一滴水正在往下落
我正从一道裂隙往下沉
下面是一片空寂
一滴水正在往下落
它是不是那滴无源之水
一滴水就在我的上面
一滴水中可能有许多水
一滴水往下落时
我就在一滴水的下面
一旦我进入空寂中

一滴水就会落入我手掌

从掌纹中产生河流

它一定会流向下一辈子

浪花如花,一片虚灵

火莲花

一枝火莲花,突兀在大片白水中
它从水面上升,越来越高,高过现实
才解除了四周庇护的晕圈
绽放,或许只是对虚无的一次访问
每一片花瓣,也都开启如诗句
白水之下,它灵性的根已扎入深渊
与火莲花照面,如接受给予
一枝火莲花,突兀在大片白水中
像某种预示,它的光芒,独立于梦

桃花运

反对桃花运的人
手持利斧,那些从桃树上
被劈下来的枝干
成为干柴后,移情的火
一点就着

由于它

由于它,我才说出了它
我说出了它,才说出我
每一次开口,总有一些词
咬紧在牙关,产生隐痛
由于它,我才说出我
我从它敞开,又隐匿于它
句子中的我,一个代词
好几种面相,主体性不详
被替代者,只露出端倪
这是一种象形的游戏
在它之中,我接近了神秘
当它静默,内在于我
似乎又返还在寂然之中
这时刻,一定有某种馈赠
在静默中接受了抑制
如重新开口,我必先做好
认领这礼物的准备

书法

我对书法的兴趣,由来已久
《兰亭序》和《祭侄文稿》
我也多次临写,情绪和意念力
《祭侄文稿》更饱满一些
而《兰亭序》似乎多了点法度
书法史,向来有笔法之争
对笔性的谈论,已略有玄意
好眼光,从笔法的差异
可看出书写者的气质、性格
立身处世的倾向,而才华
一定取决于如何书写
就书体来讲,行书通达常情
不太疏离日常事物
它们与大量印刷体汉字相比
规训较少,从不异端
当代书写,如多些不羁之大草
也许更好,这与传统文人们
仅谈个人率性,大有不同

轶事

一个人梦见自己从剧本中裸奔出来
一个影子在风声中追赶他
像一件京剧戏服,正在露出破绽

古琴

朋友送我的古琴
不久前,琴弦突然松了
它为什么突然松了
这年代,脆弱又敏感
有多种解释的理由
说出来,也松松垮垮
声调走样,也许很离谱
最好的解释,莫非是
风一吹,它就松了
这琴性,竟如此虚灵
今天我坐在古琴旁
酷似伯牙,也像子期
这琴弦松了,不久后
我梦见高山流水
风一吹,它也会紧
它能弹出怎样的琴声
一定取决于琴艺

蝴蝶

一个对蝴蝶有敬意的人
会看见蝴蝶在一些句子里飞
它们蝶翼斑斓,每一次飞
也总有句子开花的预示

它们如从庄子的梦中飞出来
一些风声,就传得更远
有含苞未放者,在某种邀约中

蝴蝶喜欢的句子,柔软鲜活
每一次飞,也如转喻
而转喻,必有修辞的风险

尘埃,迟早会在句子里落定
一个对蝴蝶有敬意的人
一定能从蝴蝶喜欢的句子里
看见它们的前世今生

发生学

从发生学看,历史是个种植昙花的老人
大面积朝代的昙花,他把握不住

现实,是一条自我泛滥的河,流向不明
现实主义,每天都有决堤的危险
每一种正在发生的事,里面全是风浪

发生学的未来,时间会放大它的晕圈
一些事物,从泥土中拔出它们的根
移植于词,一些因果之事不了了之
向可能生活致敬的人,必首先恢复神秘
朝原初的返还,或预示了某种开端
将来者,从急迫的启示中来
并在数字的深渊中举起陌异之花
可能不发生的事,也可能发生
一切可能的句子,都出自语言的隐私
坐在风声里的诗人,必先冷静下来
克制比喻的冲动

蓝与白

微风,辽阔在草原
我看见了蓝:大片群青、普蓝
孔雀蓝、黛蓝,以及一丛丛
许多草原人从没见过的处女蓝
蓝盈盈的光芒,向空地绽放
另有一种蓝,如预言之蓝
也要在一张纸上,向远方生长
这时刻,白日梦中的人
谁不安分,就来做个好驭手
我无鞭子和缰绳,有白马一匹
正从纸上现身

风声

从一部小说中听见风声
这个地方的风情,产生于风
风太大,门窗摇摇晃晃
草木不安,群鸟,惊慌于飞
以往,这里许多人,不解风情
比如,有些风,来自空穴
风声响亮了,人们就情不自禁
小说提示,这绝非虚构
这个地方的风情,产生于风
风的大小和风向,是不宣之密
一切风,都与天气有关
但天气预报,经常类如谎言
气象学家,败坏了风气
争执,在细节中时常发生
有人联想《国风》,站在风口
看见了风中大片疑云
从它对本地生活的影响看
一定会改变小说的叙事方式

这个地方的风情,产生于风
风花,不仅开在口语中
一些风花,有古汉语气息
这地方,风声不止,有点抽象
它就是风言风语的集散地
此刻,谁说出它的名字
风声更紧

这条河

这条河的水,已流入我的梦
成群的手臂沉入水中,又重新举起
划呀划呀,游在前面的一群人
像孔子弟子,他们嘴唇中吐出的词
变成浪花,一瞬间,风高浪大
再往前,据说是周朝了,漩涡很多
一片黑,有人喊了句易经中的话
这条河鼓动了一下,又出现许多句子
成群的手臂沉入水中,又重新举起
这条河转身后,一些暗流加入它
它流过汉唐明清,带出史记中
从未见过的泥沙,便直接流进了当代
划呀划呀,形容词推动喊叫声
一个古老的句子,繁殖一大批句子
没人从我的梦中上岸,也没人担心
这些句子,可能出自无源之水
又,我梦见的河,正流向乌有之乡